言《こと》の葉《は》連《つら》ねて歌《うた》あそび4

K O T O N O H A

T S U R A N E T E

U T A A S O B I

4

酒折連歌賞実行委員会
角川書店

言の葉連ねて歌あそび 4

装丁　米山喜美人

もくじ

言の葉連ねて歌あそび 4

古代　ヤマトタケルノミコトが東征の帰途に、
甲斐の国・酒折宮《さかおりのみや》に立ちより、
火焚きの翁と
「新治筑波《にひばりつくば》を過ぎて幾夜《いくよ》か寝つる」
「かがなべて　夜には九夜《ここのよ》日には十日を」（『古事記』・『日本書紀』）
と問答を交わし、ここに片歌の問答が生まれた。

そして、今
古代から　時空を超え、
五〇〇句が　酒折連歌「言の葉連ねて歌あそび」として　蘇る。

第十六回酒折連歌賞百選

Sakaori Renga Awards

大賞
文部科学大臣賞

渋谷史恵　宮城県

しおりする文庫本には永遠がある
横顔の子規がくるりと正面を向く

選評

多くの人の記憶に甦る子規の横顔。きれいな丸みを帯びた頭の形とともに印象的です。正面の写真もありますが、失礼ながらけっして美形ではありません。親友だった夏目漱石の端正な面立ちとずいぶん違って気の毒なほど。渋谷さんもそのあたりをよく心得て、代表的な肖像に前を向かせたのだと思います。大胆なものいいで俳句・短歌の革新に先鞭をつけた子規が、いきなり正面を向いてニヤッとでもしそうな迫力です。子規の業績はなお読み継がれ、横顔も記憶されるに違いないけれど、わずか五七七のなかでこっち向きにさせた手腕。見事な機転です。

山梨県知事賞

三枝新　山梨県

みそ汁にご飯にそえてこの皿二枚
私にはビタミンと鉄愛が足りない

選評

さて「この皿二枚」に何を盛るのがいいのか、そんな楽しみで「答え」の応募作歌の一枚一枚を拝見しました。日本の朝ごはんによくある玉子焼き、干物、漬物などが多かったのですが、なかには馬が二頭入っていたり、昔の恋の残骸がしなびたまま盛られていたり、じつにいろいろでした。答えとしていいと思ったのは、「ビタミン不足・鉄不足」というごくありきたりの食品を連想させるところから、ぐいと「愛」の不足に飛躍したところ、ニヒルな気持ちを明るくとらえたところ、それをさりげなく表現していていいと思いました。

Sakaori Renga Awards

山梨県教育委員会教育長賞

山本高聖　山梨県

しおりする文庫本には永遠がある

白球が雲に重なる瞬間がある

選評

問いには「永遠」という言葉が含まれていますが、答えのキーワードは「瞬間」。対照的な時間ですね。しかしよく読むと問いの片歌にも実は瞬間を感じさせる時間が含まれています。栞を挟んで永遠をしばし閉じるための一瞬です。そこを見逃さなかったのがこの答えの片歌の鋭いところです。そして山本さんはその一瞬を青空のドラマに空間移動させたのです。しかも夏の高校野球における大ホームランを思わせる思いっ切り健やかな場面。雲と白球という視覚的にも鮮やかな場面。カーンという快音も聞こえてきそうです。

Sakaori Renga Awards

甲府市長賞

永澤優岸　神奈川県

栃の実をつぶてのように握りたるまま

秋空は静かな指を知っているから

第十六回酒折連歌賞　甲府市長賞

選評

季節に焦点を絞っているところは、問いの片歌の青春を思わせる生な表現よりさらりと瀟洒な印象があります。しかも「秋空は静かな指を知っている」と、「握りたるまま」という差し迫った表現をはぐらかすように、冷やかに真実を述べるといった態度が、物影が澄んでゆく秋の季節の感じを活かしています。問いの片歌の問いかけを、季節の奥行ある風景として受け止め、その熱気を覚ますように秋の空の広がりへ視点を転じ、そこに遥かな時間の経過を表現して切り返しています。洗練され、洒落た大人の表現であると思います。

Sakaori Renga Awards

アルテア賞部門　大賞
文部科学大臣賞

安藤智貴　山梨県

しおりする文庫本には永遠がある
終わりゆく本のページとはじまるわたし

第十六回酒折連歌賞　アルテア賞部門大賞

選評

本というのは、出てくる一文で、時として読んだその人の一生を変えてしまうような力を持つものです。手のひらに収まるようなサイズの文庫本であっても、その本が自分の人生を決めてしまう場合もある。読み終えた本から得たものによって始まる自分を爽やかに予感するこの答えは、さながら本の内容を養分に、そこからぐんぐんと伸びていく若い木々や新芽の美しさを見るようでした。特にいいのは、「しおりする文庫本」に対し、「終わりゆく」と受けているところです。読み終わる前にもう、その本が自分の一部になるであろう、そこから何かが始まるだろうと感じられる。この鮮やかな「予感」の感覚が素晴らしかったです。

入選

中澤霞　山梨県

栃の実をつぶてのように握りたるまま
はなさない今の自分も自分の夢も

入選

合志強　神奈川県

栃の実をつぶてのように握りたるまま
人類は二重螺旋をただ駆け上る

入選

月波与生　青森県

ひきしおがちかくて遠いひとりとひとり

ゆっくりと地球もわれも深呼吸する

入選

寺本百花　山梨県

ひきしおがちかくて遠いひとりとひとり
傘の端重ねて君と雨音を聞く

入選

北川美江子　東京都

しおりする文庫本には永遠がある
星へゆく切符と言って君に渡そう

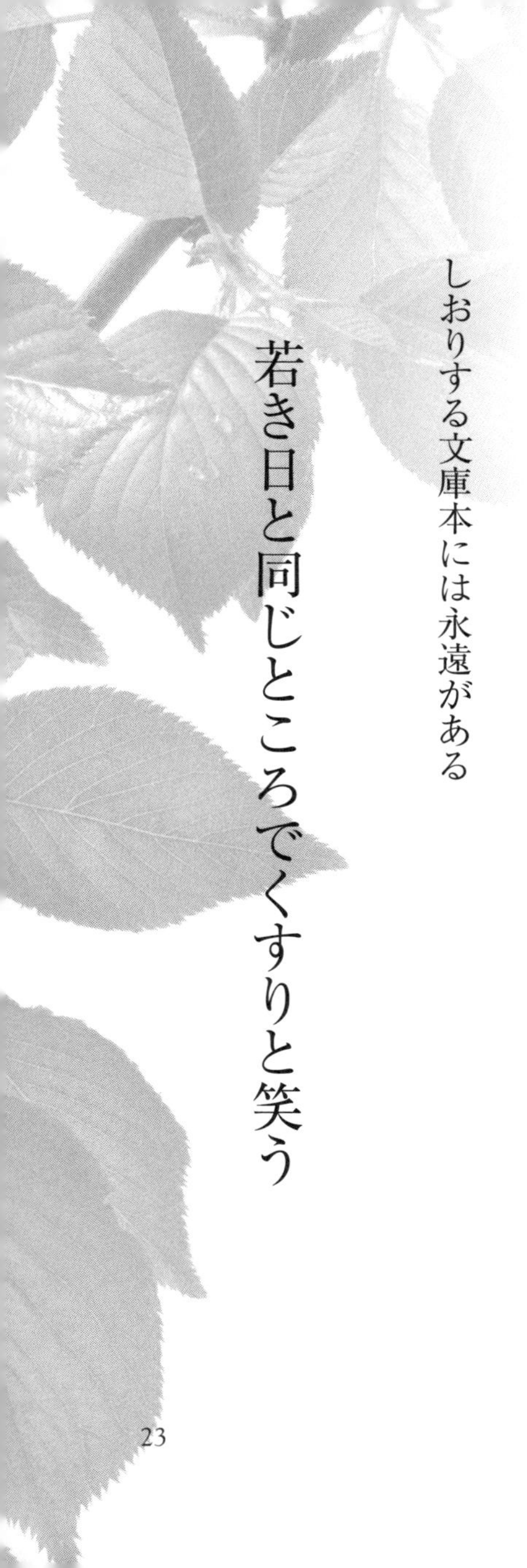

入選

高幣美佐子　東京都

しおりする文庫本には永遠がある
若き日と同じところでくすりと笑う

入選

今田紗江　徳島県

しおりする文庫本には永遠がある
もう一度第二章からはじめたい恋

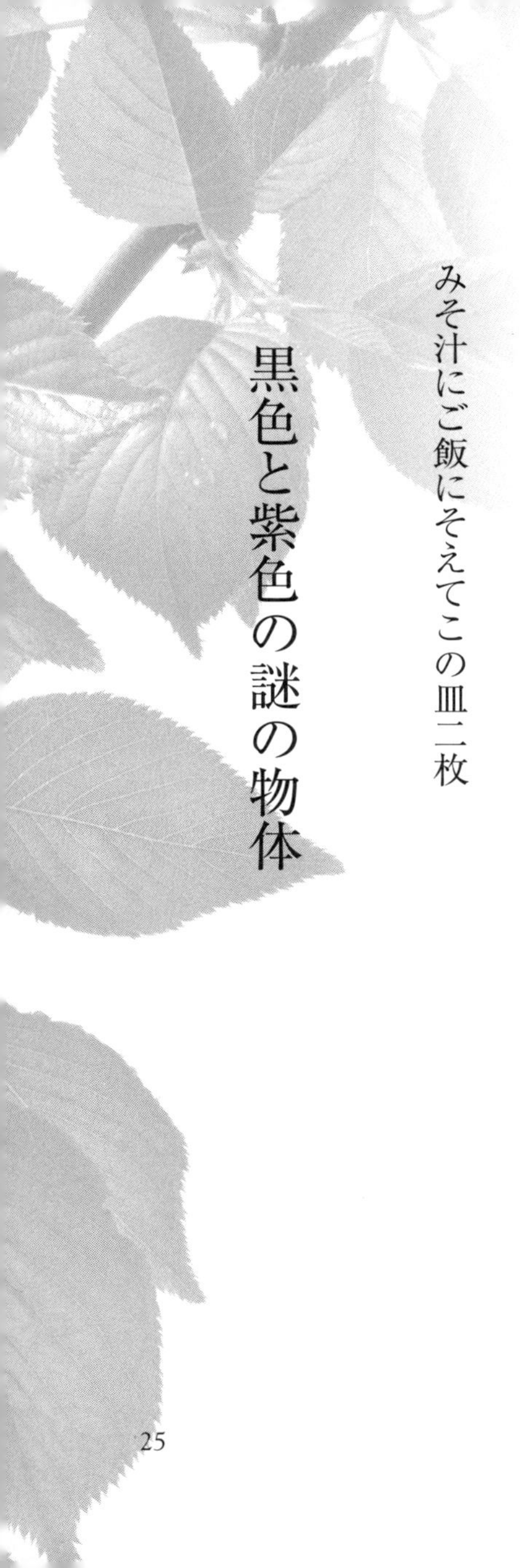

入選

川原健太郎　山梨県

みそ汁にご飯にそえてこの皿二枚

黒色と紫色の謎の物体

入選

佐藤せつ　千葉県

十年後の私と銀杏並木をあゆむ
そんな夢君と話せば夕やけこやけ

入選

松永智文　愛知県

十年後の私と銀杏並木をあゆむ
幸せか幸せだったかお互いに問う

アルテア賞部門　佳作

圓崎由璃花　山梨県

栃の実をつぶてのように握りたるまま

風になる我を忘れて我を探しに

アルテア賞部門　佳作

鷲尾綾柚　埼玉県

栃の実をつぶてのように握りたるまま
子供は言う「僕の中には大きな宇宙」

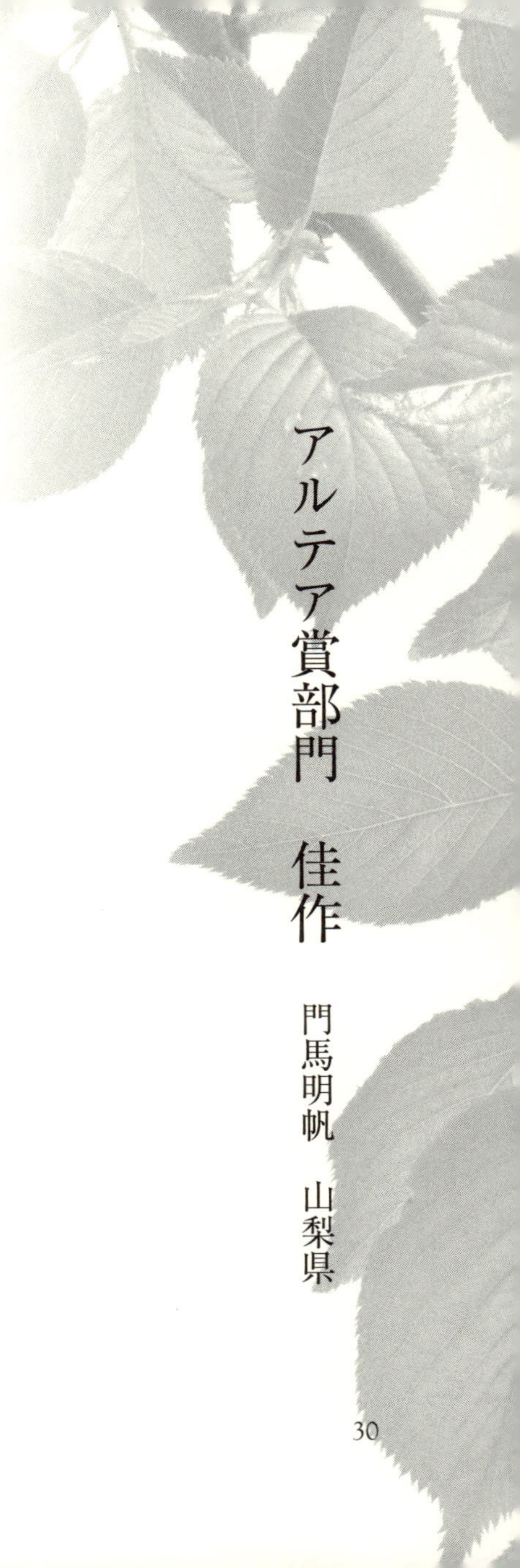

アルテア賞部門　佳作

門馬明帆　山梨県

栃の実をつぶてのように握りたるまま
褐色の小さな身体の芯に有るもの

アルテア賞部門　佳作

平山梨菜　山梨県

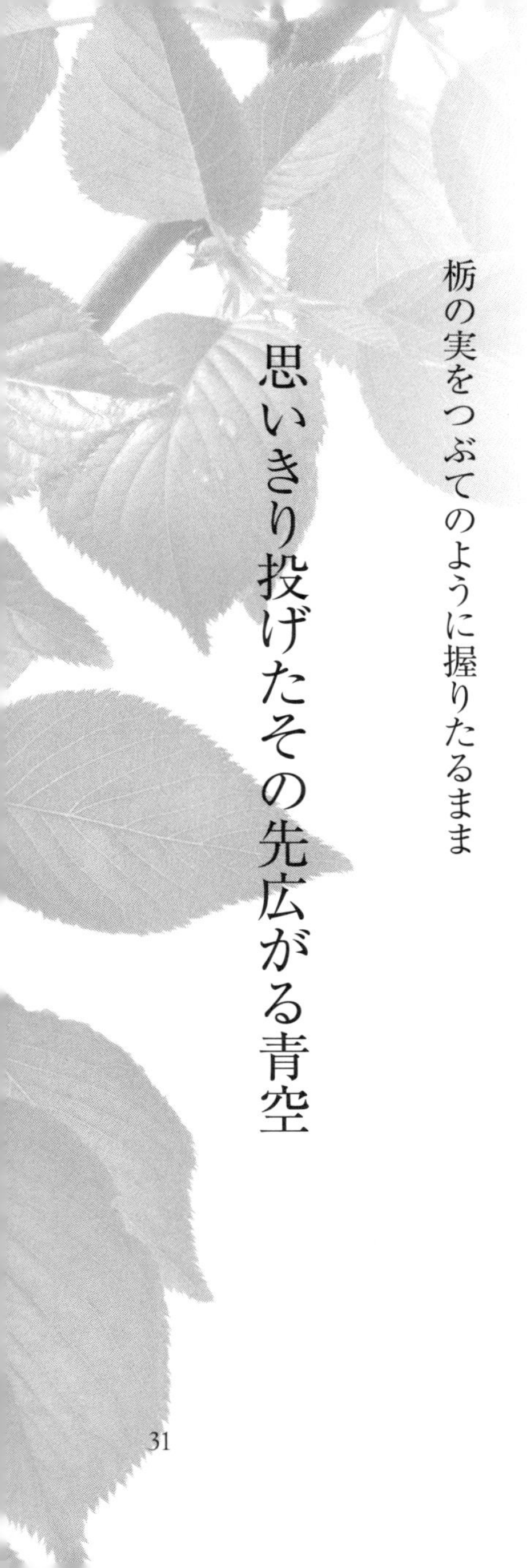

栃の実をつぶてのように握りたるまま
思いきり投げたその先広がる青空

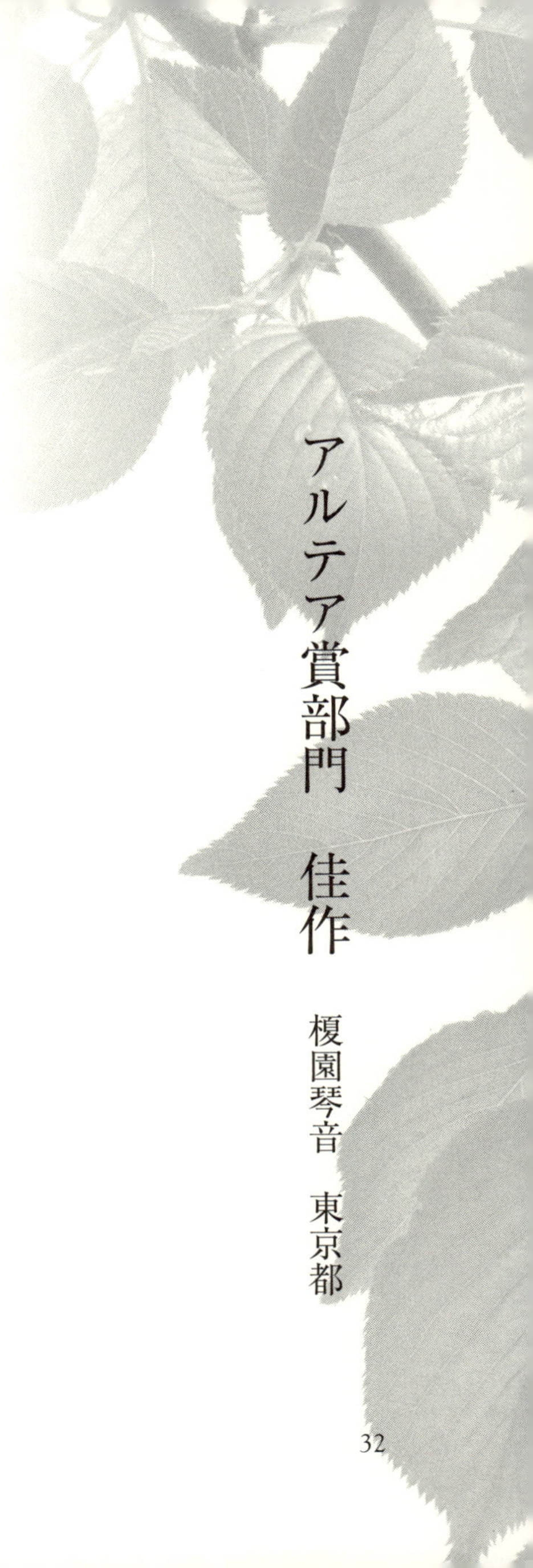

アルテア賞部門　佳作

榎園琴音　東京都

栃の実をつぶてのように握りたるまま
押し殺す気持ちをこぶし一つに集め

アルテア賞部門　佳作

山谷菜月
東京都

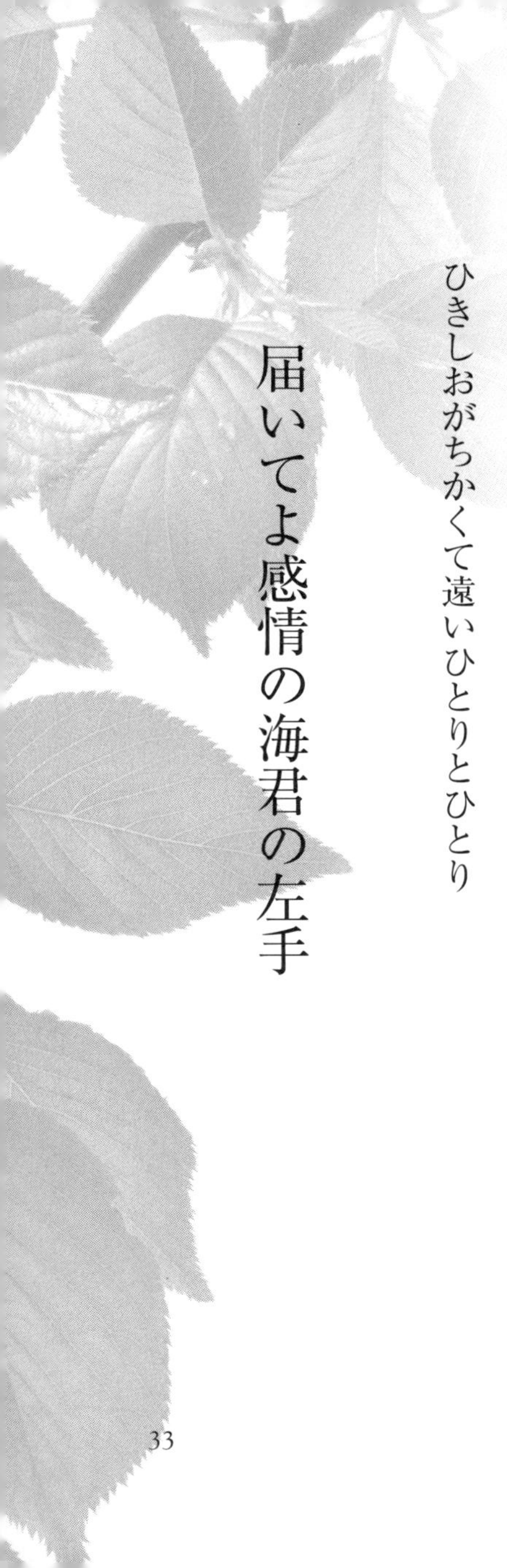

ひきしおがちかくて遠いひとりとひとり

届いてよ感情の海君の左手

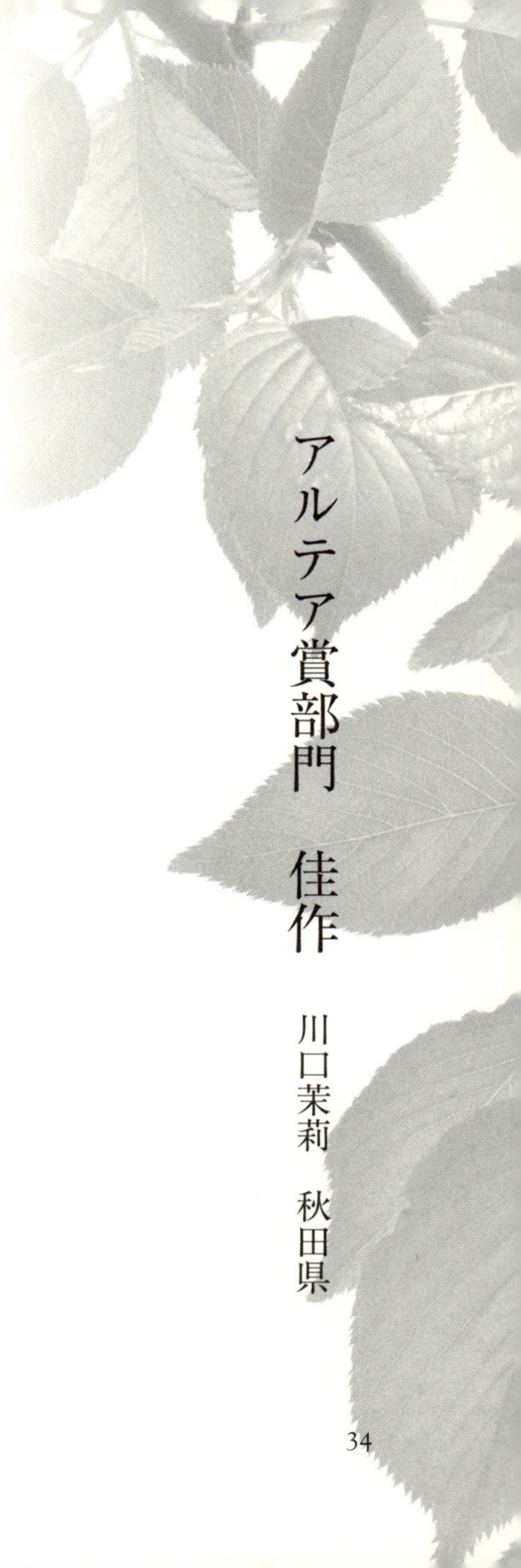

アルテア賞部門　佳作

川口茉莉　秋田県

ひきしおがちかくて遠いひとりとひとり

波の中ただよう藻まで手をすりぬける

アルテア賞部門　佳作

村松夏帆　山梨県

ひきしおがちかくて遠いひとりとひとり
曖昧な距離が愛しく切ない右手

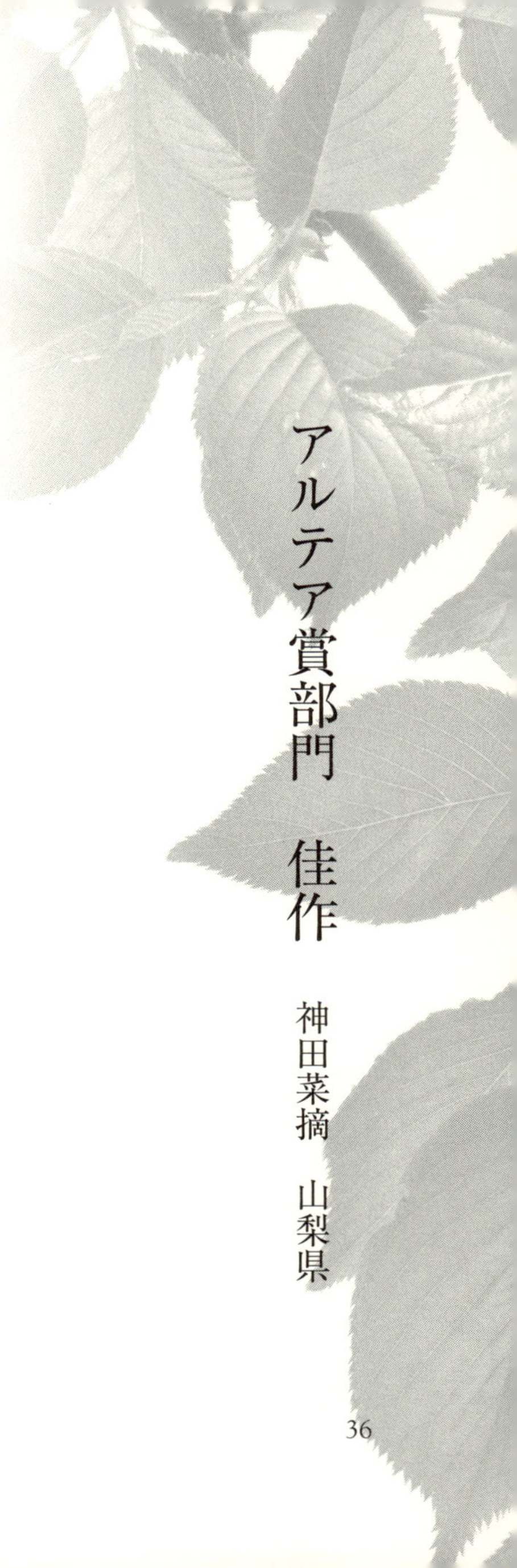

アルテア賞部門　佳作

神田菜摘　山梨県

ひきしおがちかくて遠いひとりとひとり

名を呼ぶが聞こえぬ遠さ目が合う近さ

アルテア賞部門　佳作

戸山英　東京都

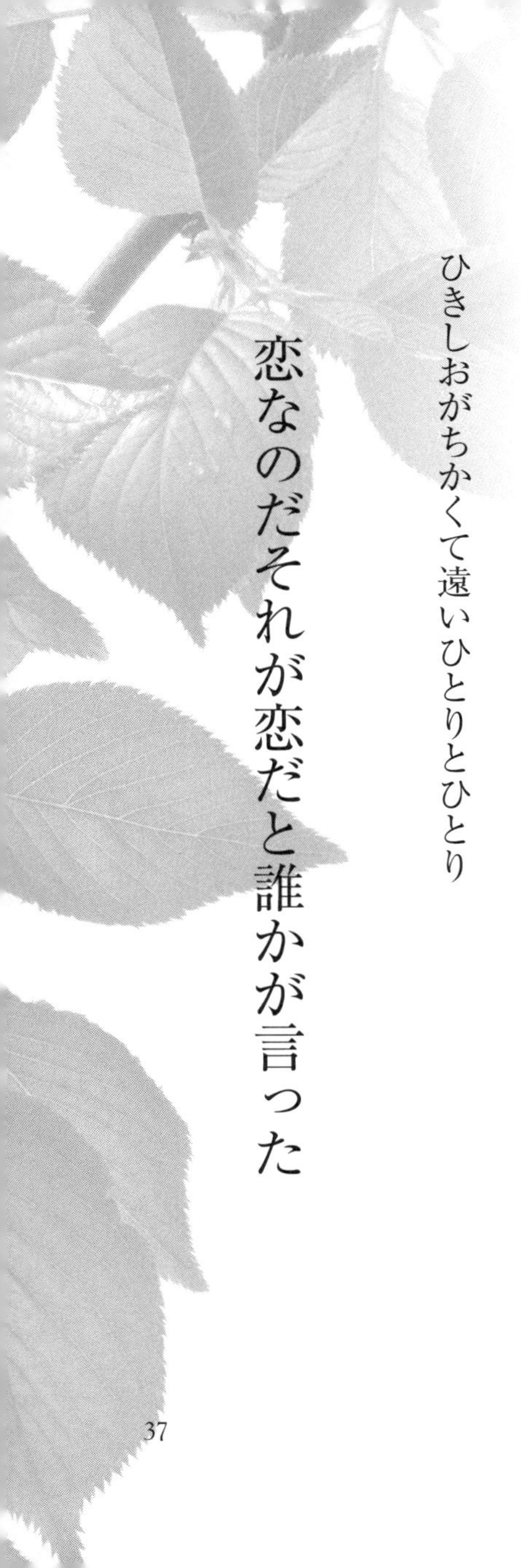

ひきしおがちかくて遠いひとりとひとり

恋なのだそれが恋だと誰かが言った

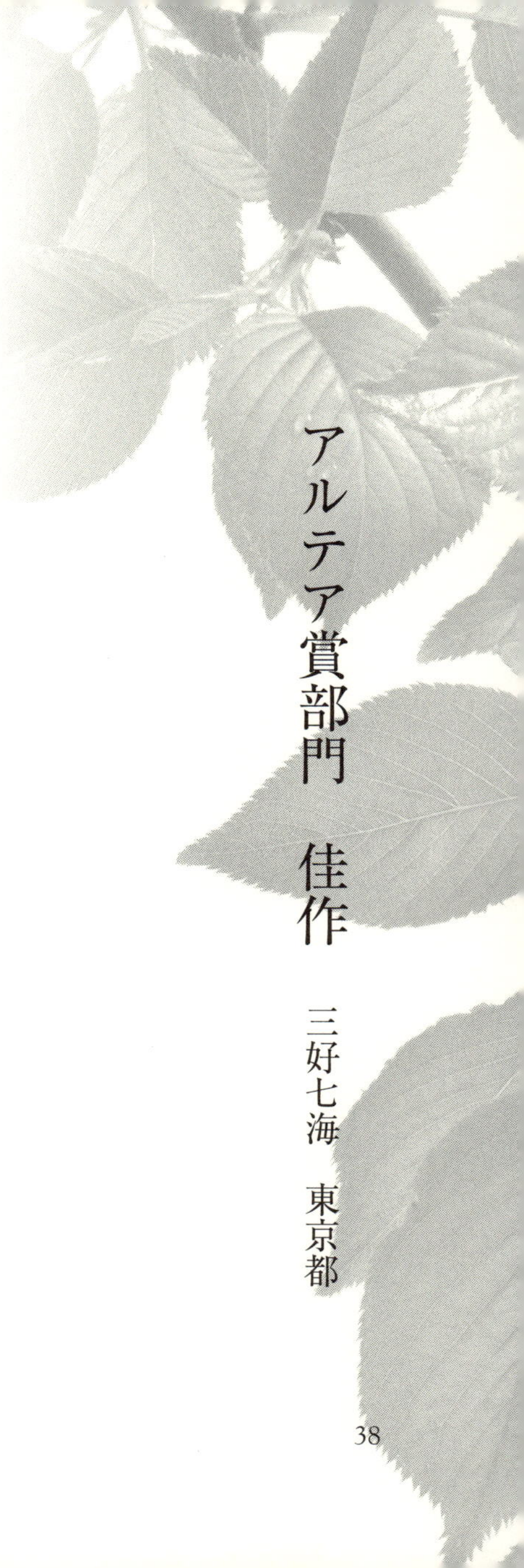

アルテア賞部門　佳作

三好七海　東京都

ひきしおがちかくて遠いひとりとひとり

触れられぬ寄せては返す君想う波

アルテア賞部門　佳作

佐々木七瀬　東京都

ひきしおがちかくて遠いひとりとひとり
泣いているそとの雨さえやんでいるのに

アルテア賞部門　佳作

雨宮弥毅　山梨県

ひきしおがちかくて遠いひとりとひとり

夕空にすいこまれゆくあなたの返事

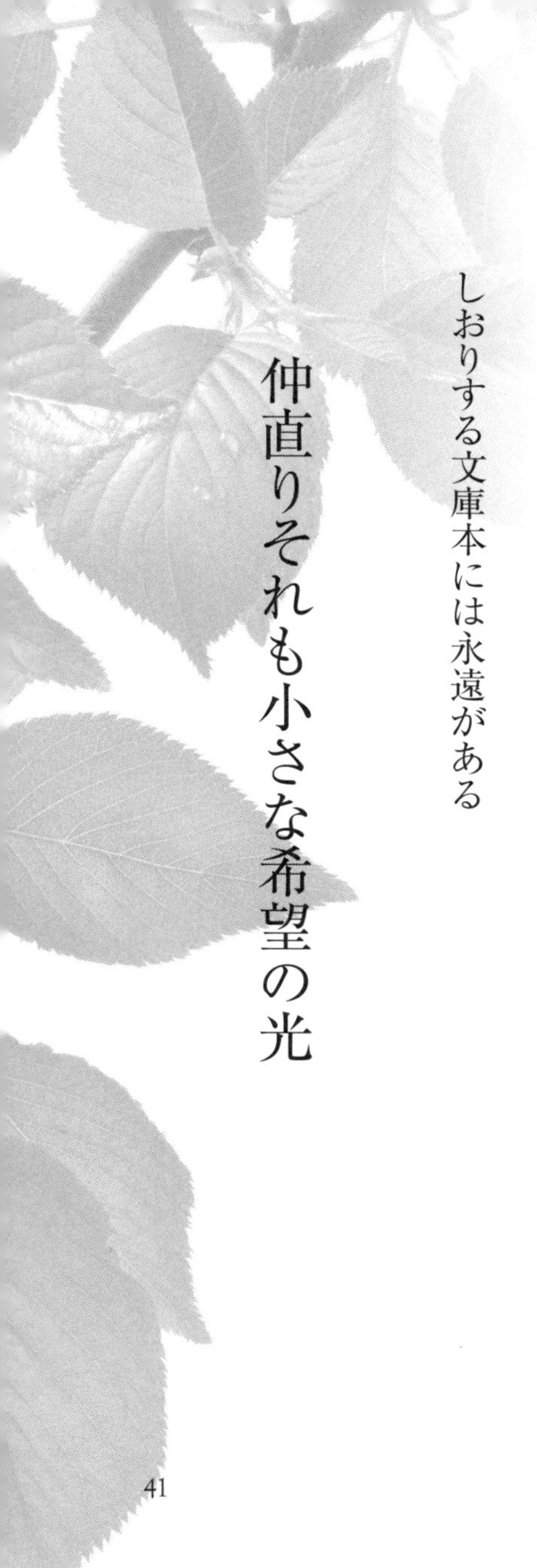

アルテア賞部門　佳作

望月華　山梨県

しおりする文庫本には永遠がある

仲直りそれも小さな希望の光

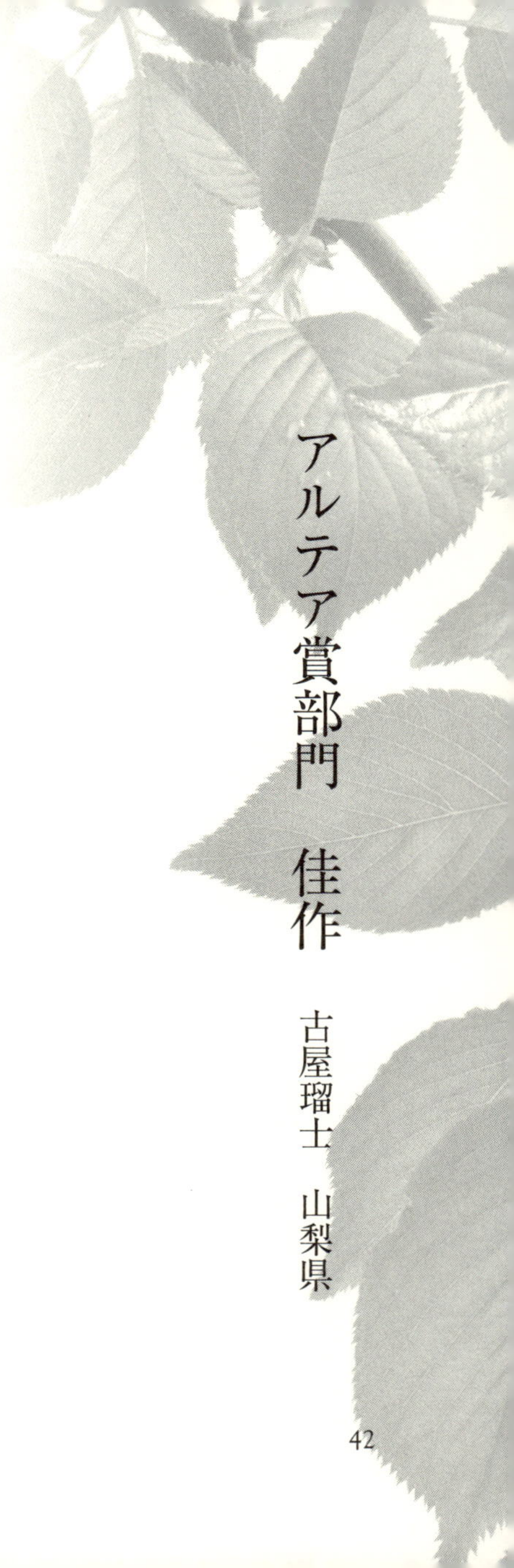

アルテア賞部門　佳作

古屋瑠士　山梨県

しおりする文庫本には永遠がある
指先が伝える僕のページの歩み

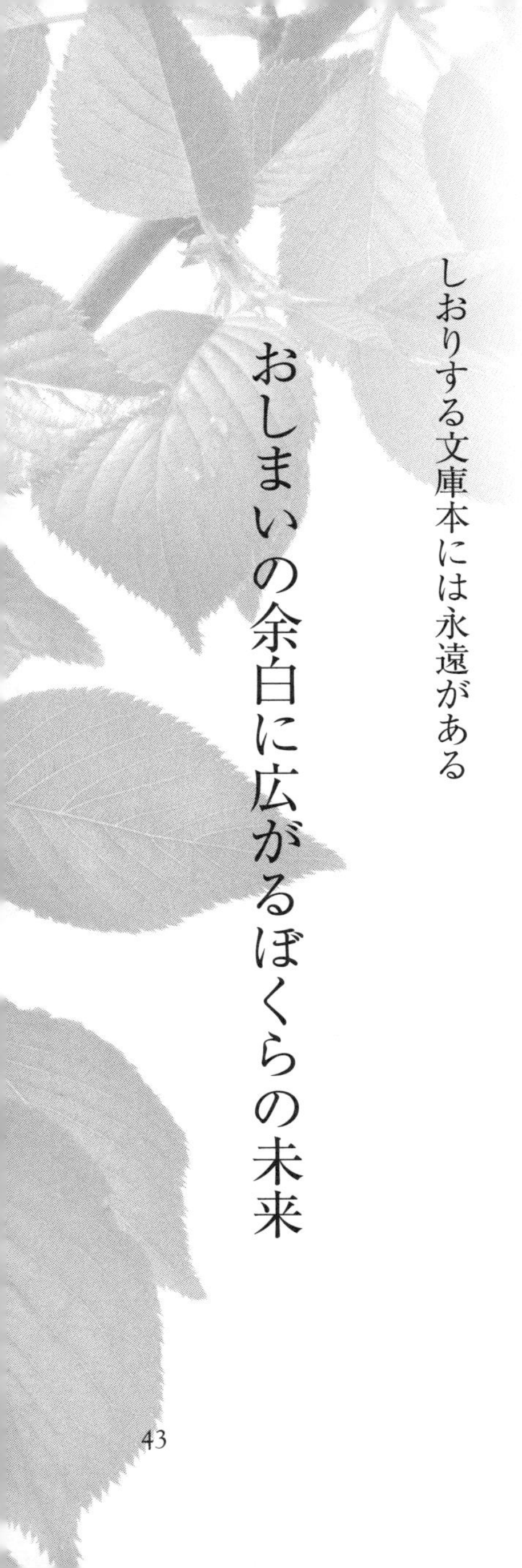

アルテア賞部門　佳作

三森佳奈　山梨県

しおりする文庫本には永遠がある

おしまいの余白に広がるぼくらの未来

アルテア賞部門　佳作

有野梨沙　山梨県

しおりする文庫本には永遠がある

風去って雨が止んでも胸おさまらず

アルテア賞部門　佳作

曽根悠生　山梨県

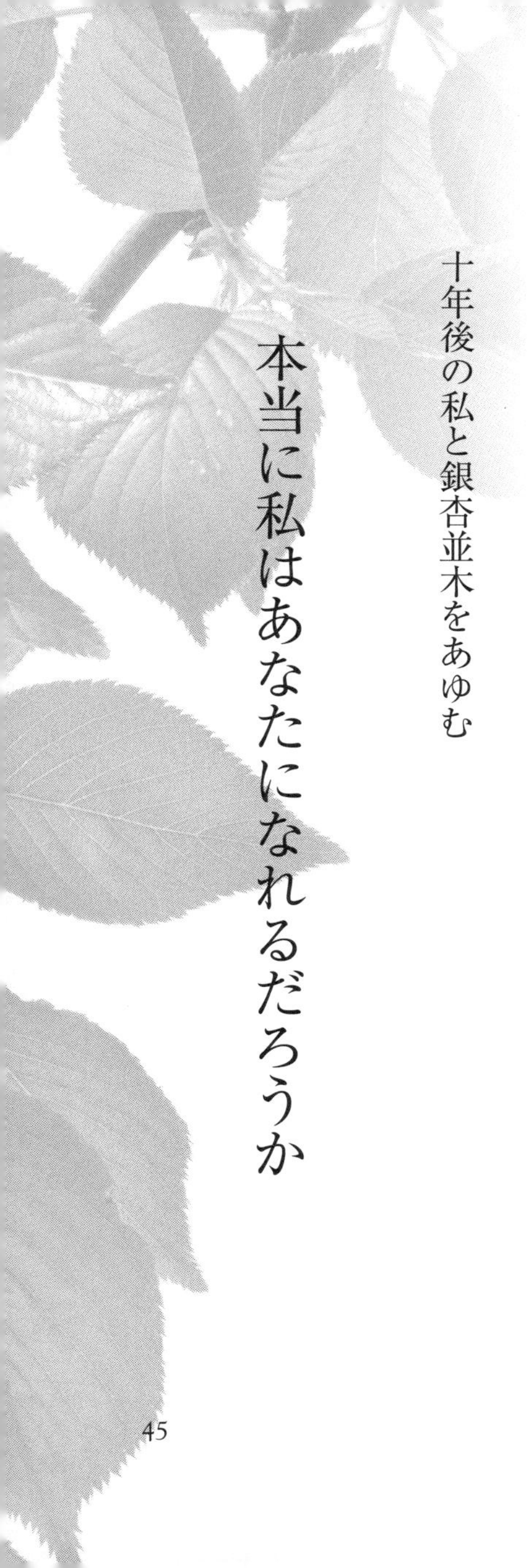

十年後の私と銀杏並木をあゆむ

本当に私はあなたになれるだろうか

アルテア賞部門　佳作

小泉茉穂　山梨県

十年後の私と銀杏並木をあゆむ
つないだ手私がいることあなたがいること

優秀賞

梅山すみ江　神奈川県

栃の実をつぶてのように握りたるまま
孵化を待つ卵のように心を閉じて

優秀賞

西田公子　福岡県

栃の実をつぶてのように握りたるまま
からだごと群青色の空に落ちゆく

優秀賞

荒井紀恵　長野県

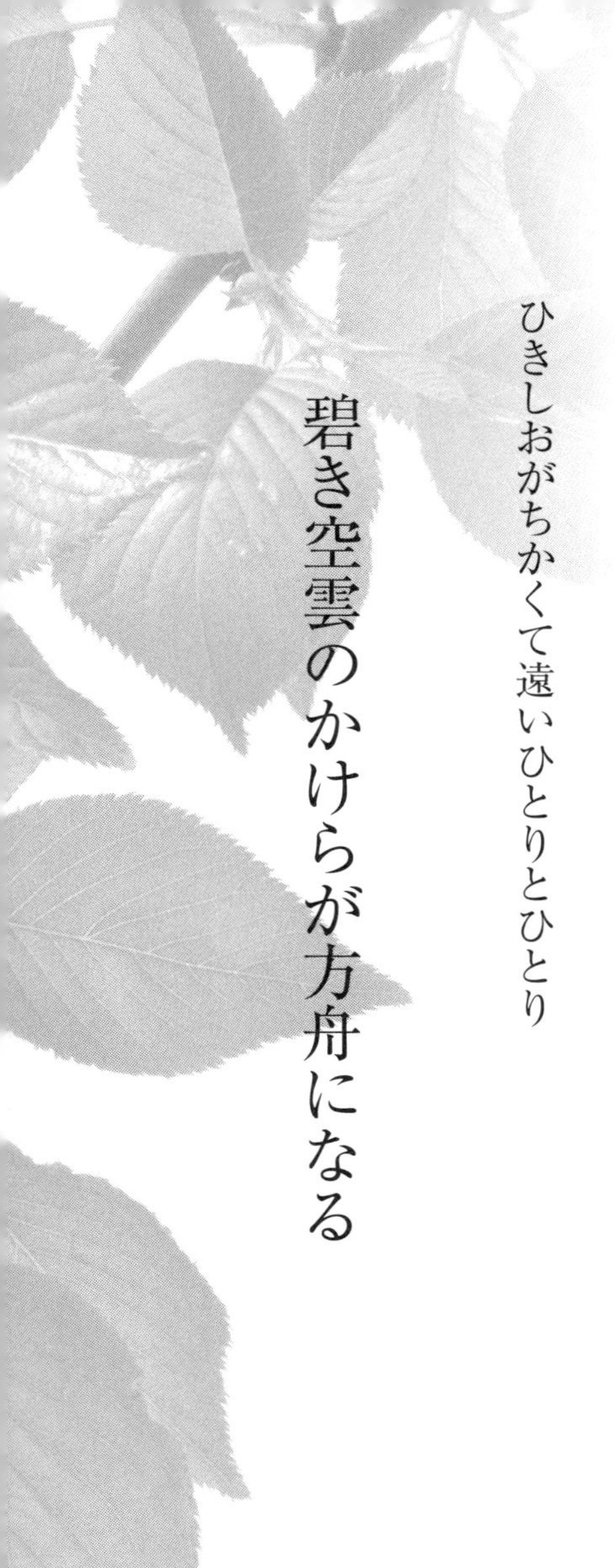

ひきしおがちかくて遠いひとりとひとり
碧き空雲のかけらが方舟になる

優秀賞

水野真由美　神奈川県

ひきしおがちかくて遠いひとりとひとり
噴水の音にならない音がさみしい

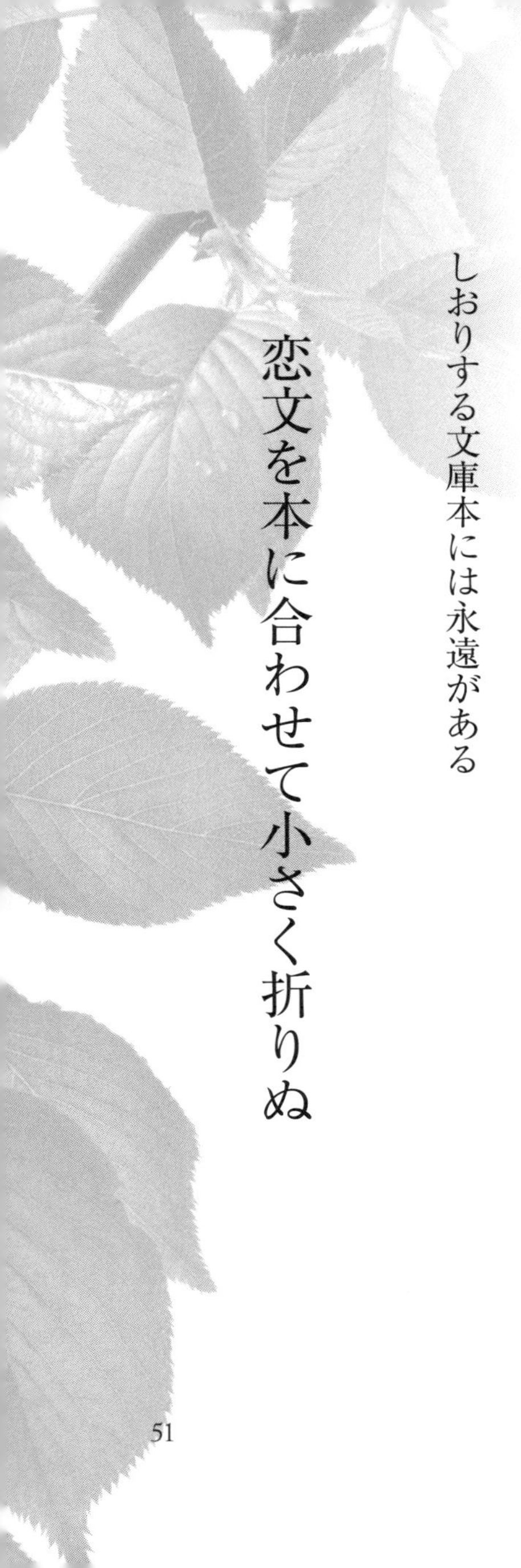

優秀賞

野田美和子　愛知県

しおりする文庫本には永遠がある
恋文を本に合わせて小さく折りぬ

優秀賞

高幣美佐子　東京都

病む祖父に読みまいらせし『遠野物語』
しおりする文庫本には永遠がある

優秀賞

吉澤美樹子　東京都

みそ汁にご飯にそえてこの皿二枚
遠くから手洗ったのと母の声する

優秀賞

石神由美子　北海道

みそ汁にご飯にそえてこの皿二枚

今日からは一緒に食べて一緒に眠る

優秀賞

森久美子　福岡県

みそ汁にご飯にそえてこの皿二枚
ふたすじの湯気立ちのぼりつかず離れず

優秀賞

忽滑谷三枝子　群馬県

みそ汁にご飯にそえてこの皿二枚

楽しかった料理教室陶芸教室

優秀賞

広瀬佑佳　山梨県

十年後の私と銀杏並木をあゆむ

あの時の恋のパズルに最後のピースを

優秀賞

水野百恵　山梨県

十年後の私と銀杏並木をあゆむ

T字路のサイドミラーをちらりとのぞく

「栃の実をつぶてのように握りたるまま」

山を向きマー君みたいに構えてみせる　高木教之　千葉県

婆ちゃんはぼけないようにと一人足ぶみ　小西正孟　大阪府

麻痺したる父の右の手両手につつむ　武田文子　茨城県

此処だよと確かめているひとりとひとつ　小金奈緒美　埼玉県

大丈夫また何度でも立ち上がればいい　村田恵　埼玉県

木のように眠ってしまおう森に抱かれて　涌井悦子　新潟県

立ちつくすあいつの背中を横目で見ながら　梶野直　山梨県

優良賞

ちっぽけな決意ひとつもまだ下せない　足立有希　兵庫県

母は今叱られている私に姉に　堀江みどり　愛媛県

その右手ベビーカーからはみ出している　穴山結子　東京都

大きな実今握ったらこんな小さい　古川琴音　山梨県

階段の片隅座り孤独分け合う　小林直樹　山梨県

「ひきしおがちかくて遠いひとりとひとり」

水の音ぽつんぽつんと小石の音色　秋澤優里　山梨県

大空の奥に奥あり揚雲雀鳴く　北村純一　神奈川県

満ちてくる寂しさはあの星からもくる　松本一美　東京都

おもいでを攫ってゆくのか置いてゆくのか　金本かず子　山梨県

あげしおを待たずに君の手を取りたくて　鷹野遥　山梨県

この空に見えるは同じ誰かの風船　森俊輔　静岡県

きこえるか心の内のその寂しさが　流石凪彩　山梨県

祖母と見た月には今も手が届かない　田草川里沙　山梨県

この世界迷路のように遠い出口だ　小松航大　山梨県

満ちていく空のコップに一つの思い　細田昇吾　山梨県

優良賞

「しおりする文庫本には永遠がある」

ひとりだけ天動説を信じていたい　永澤優岸　神奈川県

今はまだ道は見えない夢は見つける　久保川大輝　山梨県

永遠はとてもさびしい遠景である　永澤優岸　神奈川県

図らずも「悲しき玩具」二十二ページ　加藤正江　宮城県

「変身」を君に貰いし十三の冬　橋本有子　大阪府

万葉集巻の四あたり行きつ戻りつ　矢後千恵子　神奈川県

生涯の節目境目刻まれながら　小川智賀　山梨県

漱石の「こころ」読むのは何度目だろう　宇津井寛　神奈川県

これだ、これ。十年前に会った一行　中川博明　福岡県

目を閉じる三〇五円の太宰との旅　宗像みずほ　山梨県

図書カード先週も見た君の名前を　置田聡良　山梨県

結末も想像しだいで始まりとなる　横内あづさ　山梨県

「みそ汁にご飯にそえてこの皿二枚」

ロボットと見破られない手足の動き　三輪慶子　茨城県

おそろいのコップも今度買いに行こうか　穴山友梨　東京都

優良賞

当たり前のように隣りに居てほしいだけ　井寺仁美　神奈川県

ああやだなきっと明日もこの皿二枚　長田舞　山梨県

二人なら微笑み会話それで二品　荒井正子　宮城県

夕焼けにあなたのただいま私のおかえり　小林大貴　山形県

こがらしの語り部となる風音を聞く　森田公二　大阪府

ポケットを叩くと皿が四つに増える。　太田涼介　山梨県

周りには白いけむりでぼやけた家族　牧野加奈　東京都

父と母いつのまにやら仲直りして　堀内せいか　山梨県

正方形祖母に習ったおいしいかたち　山越空　山梨県

「十年後の私と銀杏並木をあゆむ」

コンパスも三角定規もまだ持っている　西田公子　福岡県

ゆるすことわすれることも大切なこと　佐藤美弥子　福島県

魂で会話するから言葉はいらない　涌井悦子　新潟県

生きてさえいれば杖でも車椅子でも　根岸研一　神奈川県

雨傘をくるくる回す幼子二人　山本とし子　山梨県

もしかして軍服を着て敬礼をする　飯塚和一　埼玉県

優良賞

そんな日が来るかな来たら手をつなごうね　深尾みさ子　山梨県

のっぽの影そして大事なちっちゃな影　有泉亜耶　山梨県

ボロボロのスーツのわけは聞かないでおく　長峯雄平　東京都

第十七回酒折連歌賞百選

Sakaori Renga Awards

大賞
文部科学大臣賞

今村光臣　山梨県

自転車のギヤを一段あげよう今朝は

立ち漕ぎでアンナプルナを上り切るため

第十七回酒折連歌賞　大賞

選評

私の愛車は十二段変速、ギヤを上げるとさあ行くぞとテンションも上がります。さてどんな「さあ」にするか、この答えの片歌、なんとアンナプルナに挑むため。思いっ切り飛躍したプランに驚きました。アンナプルナはネパール・ヒマラヤの中央部に聳え、人類が足跡を刻んだ初めての八千メートル峰。チョモランマよりは低いけれど、もっとも危険な山とも言われています。立ち漕ぎでも到底無理ですが、無理に挑むのが詩のいいところ。みごとな「さあ、行くぞ」となりました。

Sakaori Renga Awards

山梨県知事賞

伊賀崎美千代　福岡県

歩くこと走ること風の声を聞くこと

不確かなでも確実な存在証明

選評

問いの片歌に一瞬の揺らぎを見せながら、しっかりした声で答えています。歩く、走る、風の声を聞くという具体的な行為と、答えの片歌の「存在証明」という抽象的なことばが繋がって、思索へと誘います。歩く、走る、風音を聞くといった最も単純な動作は、文明の進展によって、さらには今、戦争や災害によって脅かされ、危ういものになっています。しかしそれは最も確実な人間の存在証明なのです。人の存在や肉体が危うく不確かなものになった現代に、最も単純な動作が、人にとって最も大切な行為であることに気づかされ、それは深遠な人生の真理を語っているようにも思われます。

Sakaori Renga Awards

山梨県教育委員会教育長賞

秋山恵里　山梨県

だれか来る木々の匂いと風をまといて

参観日一番乗りの僕の父さん

選評

まず「だれか来る」という呼びかけではじまる問いはそれだけでミステリーです。しかも「木々の匂いと風」という目には見えないものをまとって来るのです。参観日という緊張する授業に「僕の父さん」が同級生のだれの親御さんよりも先に来てくれたのです。いつもうちで見るお父さんとは違うお父さんです。木の匂いや風の動きなど、気がつかない人には何の興味もないものでしょうが、だれもが知らず知らずのうちに精神の滋養にしているものです。お父さんにそんな匂いや風を感じた気分の答えでした。

Sakaori Renga Awards

甲府市長賞

今田紗江　徳島県

啄木のひたいに触れて聞くかなしみは

キツツキになれずあなたの心も打てず

第十七回酒折連歌賞　甲府市長賞

選評

早熟だった石川一は、中学時代からいくつもの号を用いましたが、啄木鳥《きつつき》からきている啄木の名を愛し、二十六歳二ヵ月で果てたときの戒名も「啄木居士」でした。今田さんはその名に心を寄せて、自分もキツツキであるなら存分に幹をつつくであろうに、とロマンチストになりきれない口惜しさをにじませています。もちろんそれは人を想う心情に発しているわけですから、一人の人への想いが届かないかなしみに言い及ぶかたちになっています。啄木も恋多き青年で、けっこう愉快な失敗談も残しています。歌人啄木の面白さが甦る楽しい片歌です。

Sakaori Renga Awards

アルテア部門　大賞
文部科学大臣賞

水野真奈香　静岡県

啄木のひたいに触れて聞くかなしみは

はきはきともの言うきみが救ってくれる

選評

小・中・高校生の歌を対象としたアルテア部門のいいところは、学校という場所で過ごす多感な時間が歌の中にまるごと映りこむところだと思っています。それはまるで、時間と一緒に思い出を保存するタイムカプセルのように。「啄木のひたいに触れて聞くかなしみ」は、おそらく誰にも打ち明けることなく、ひとり、心の中で繰り返し反芻するような静かな「かなしみ」なのでしょう。その「かなしみ」に浸るあなたを、目の前にいる誰かの――あるいは、時の向こう側にいる歌人の、「はきはきと」した物言いが救ってくれる。ひとりのかなしみの殻が他者の存在によって鮮やかに破られる瞬間を切り取ったこの歌に、胸がすくような物語性を感じました。救ってくれる「きみ」とのやり取りが、色褪せることなく歌に記憶されていくというのは素晴らしいです。

入選

小倉正一　山梨県

自転車のギヤを一段あげよう今朝は
踏み込めば地球の自転加速するかも

入選

三富光　山梨県

自転車のギヤを一段あげよう今朝は
まだ知らぬ私にはやく会いに行くため

入選

松島蘭丸　山梨県

だれか来る木々の匂いと風をまといて
県外で働く兄に会えるこの夏

入選

永澤優斗　埼玉県

だれか来る木々の匂いと風をまといて
見えなくても聞こえなくてもあなたとわかる

入選

井上達也　岡山県

だれか来る木々の匂いと風をまといて

読み進む次のページに犯人がいる

入選

木村由里亜　大阪府

啄木のひたいに触れて聞くかなしみは
神様はどこにでもいてどこにもいない

入選

深沢幸枝　山梨県

うずまきの指で描いたちいさいいのち
掌へ静かに渡す砂の巻貝

入選

渡辺若奈　山梨県

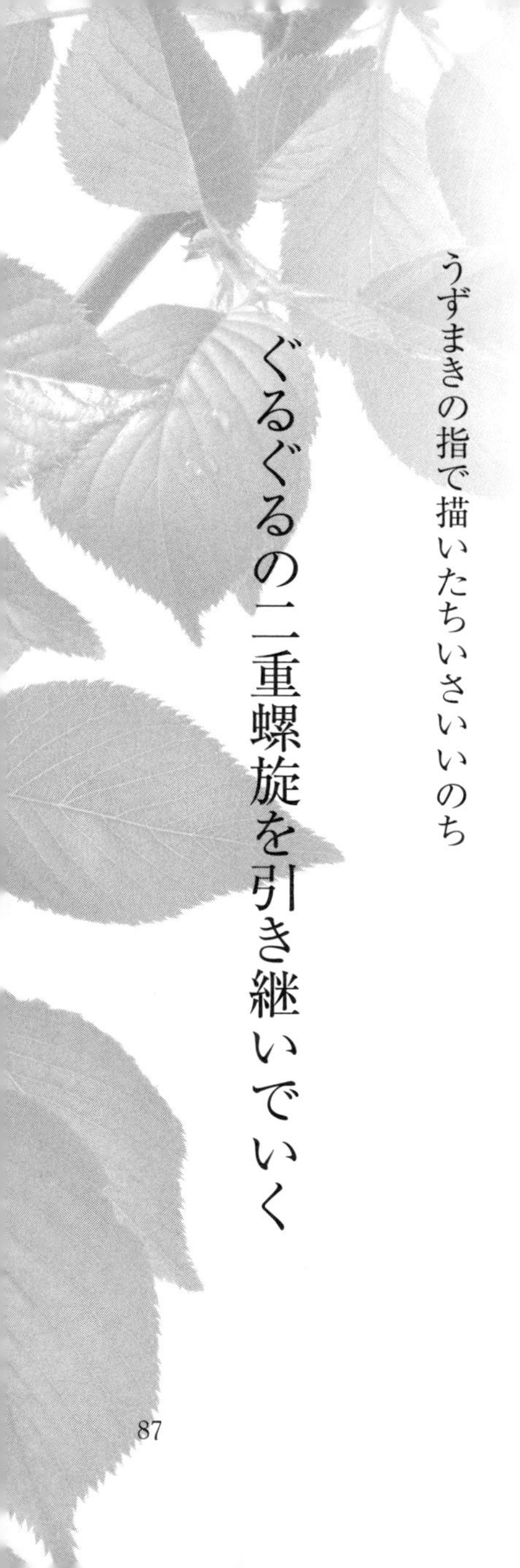

うずまきの指で描いたちいさいいのち
ぐるぐるの二重螺旋を引き継いでいく

入選

橋場夕佳　三重県

うずまきの指で描いたちいさいいのち
笑ったり泣いたりやがて恋を知ったり

入選

牧野弘志　長崎県

歩くこと走ること風の声を聞くこと
今もなお屋根裏に住むアンネ・フランク

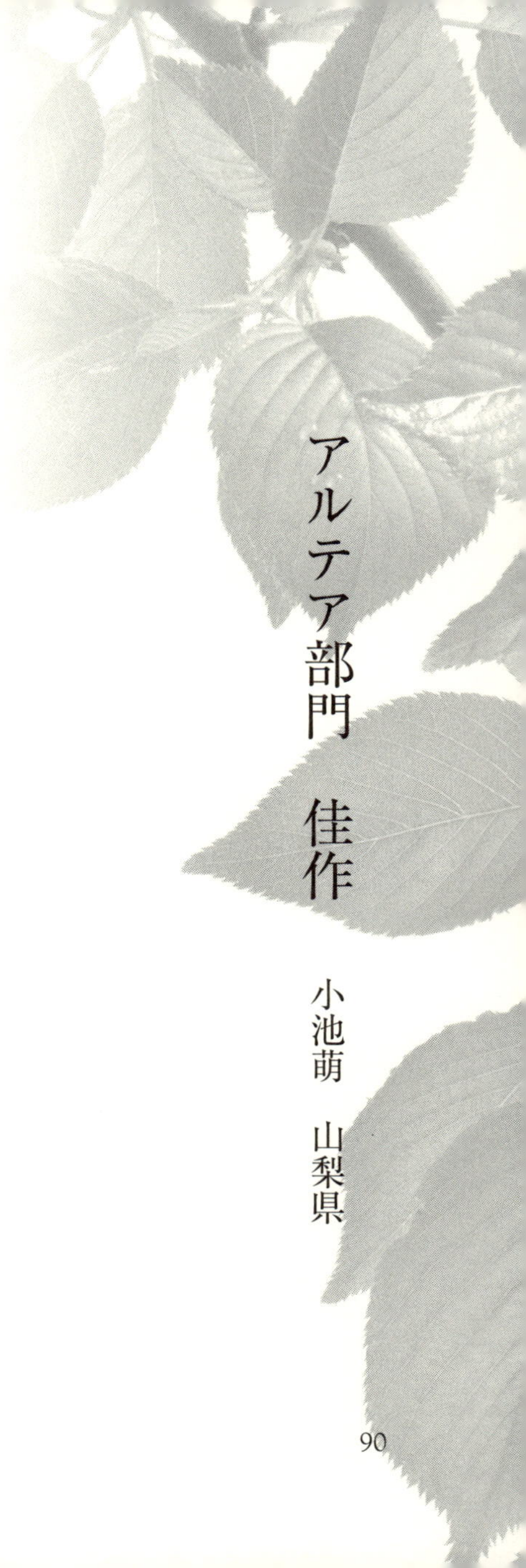

アルテア部門　佳作

小池萌　山梨県

自転車のギヤを一段あげよう今朝は
負けそうな弱い心を引き上げるため

アルテア部門　佳作

片平陽冬　山梨県

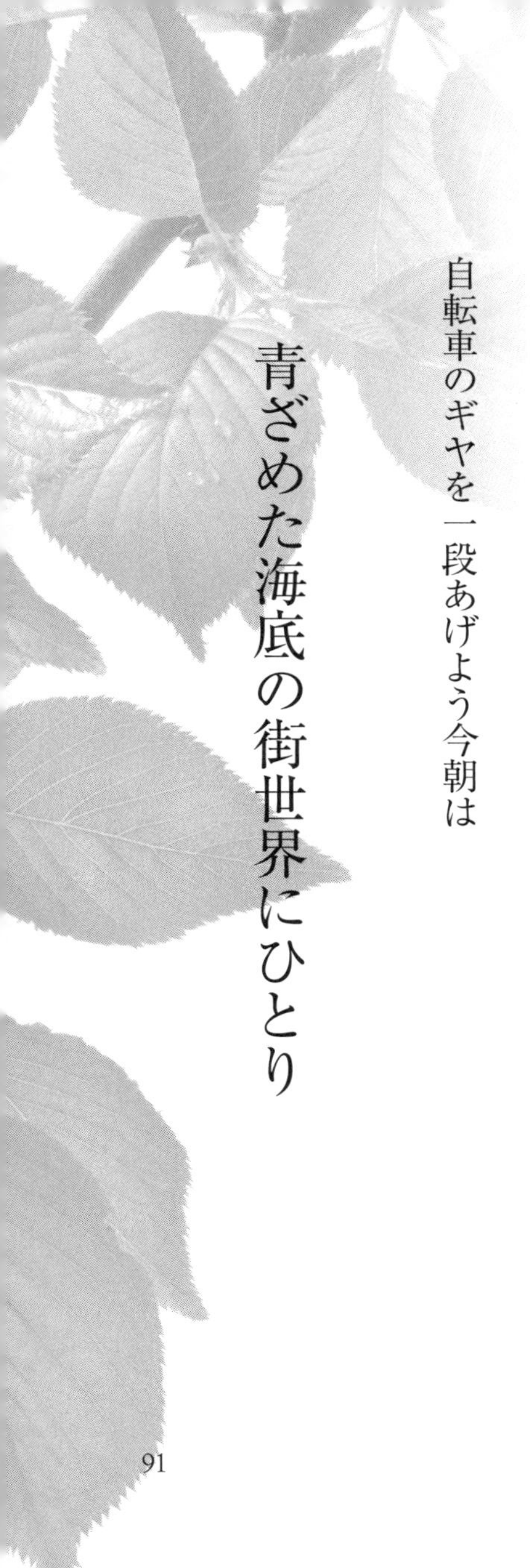

自転車のギヤを一段あげよう今朝は

青ざめた海底の街世界にひとり

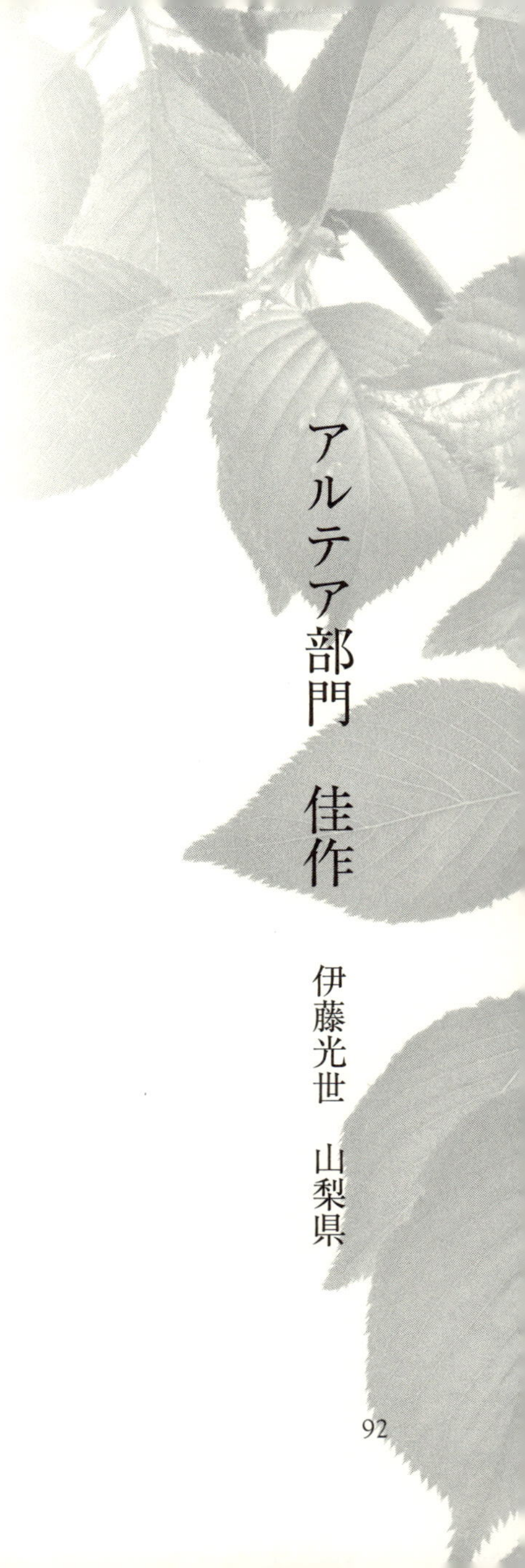

アルテア部門　佳作

伊藤光世　山梨県

自転車のギヤを一段あげよう今朝は
玄関の風鈴がほら今だと躍る

アルテア部門　佳作

渡邊康太　山梨県

自転車のギヤを一段あげよう今朝は
吹きぬける風の言葉を受け取りながら

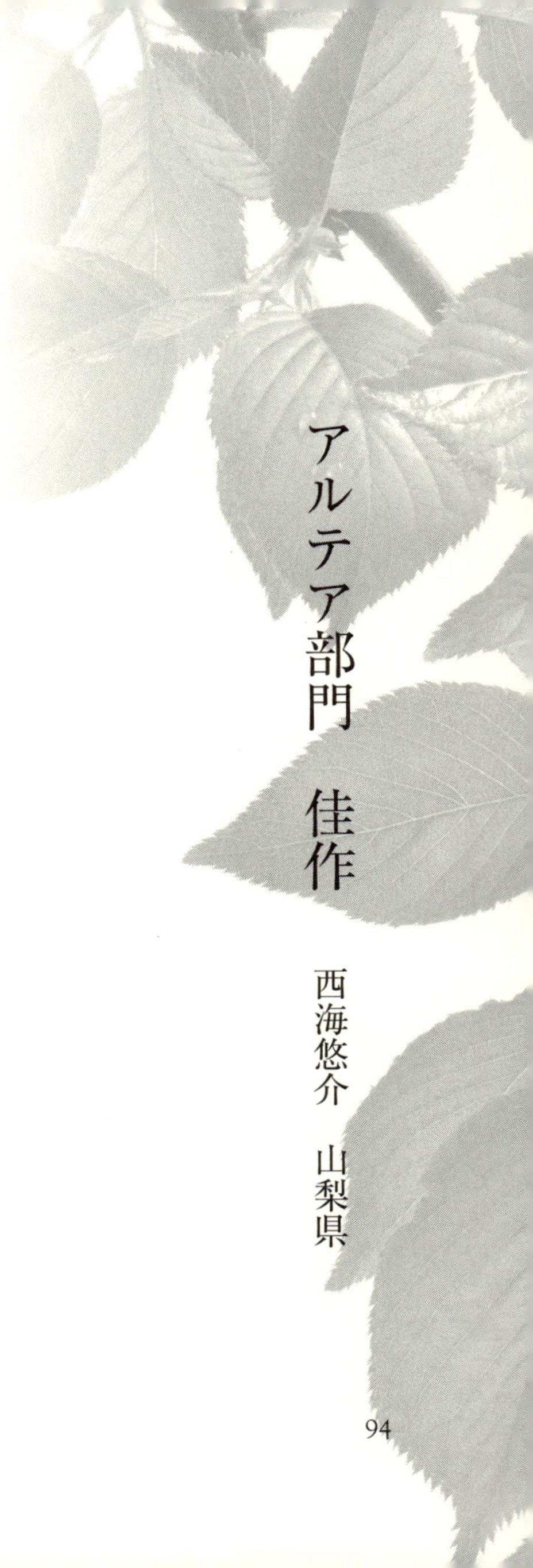

アルテア部門　佳作

西海悠介　山梨県

だれか来る木々の匂いと風をまといて
犬が鳴く初秋の昼の見知らぬ人に

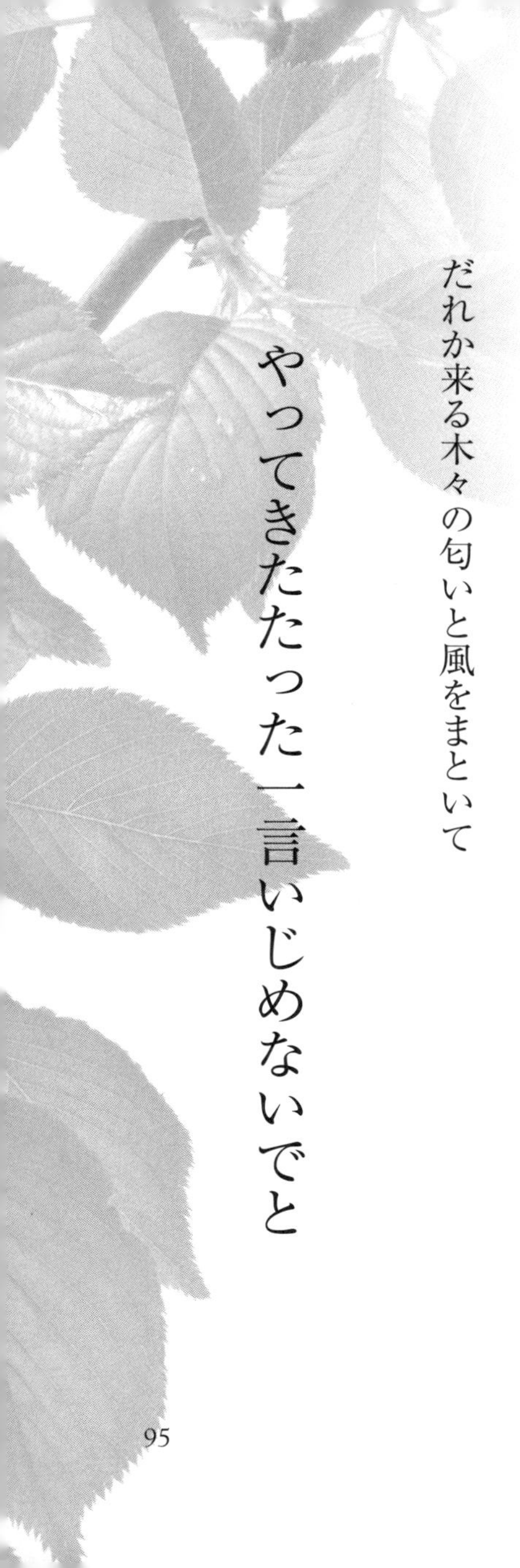

アルテア部門　佳作

古館佑真　北海道

だれか来る木々の匂いと風をまといて
やってきたたった一言いじめないでと

アルテア部門　佳作

波木井彩美　山梨県

だれか来る木々の匂いと風をまといて
あの頃の写真はないが記憶は残る

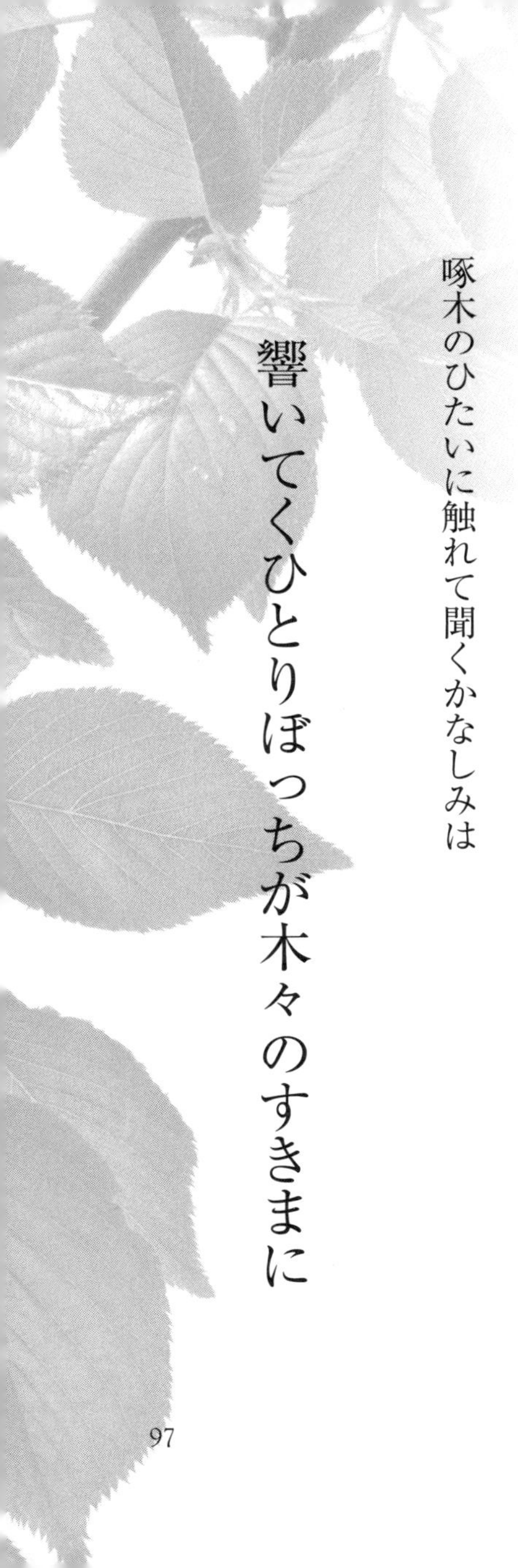

アルテア部門　佳作

深澤明日香　山梨県

啄木のひたいに触れて聞くかなしみは
響いてくひとりぼっちが木々のすきまに

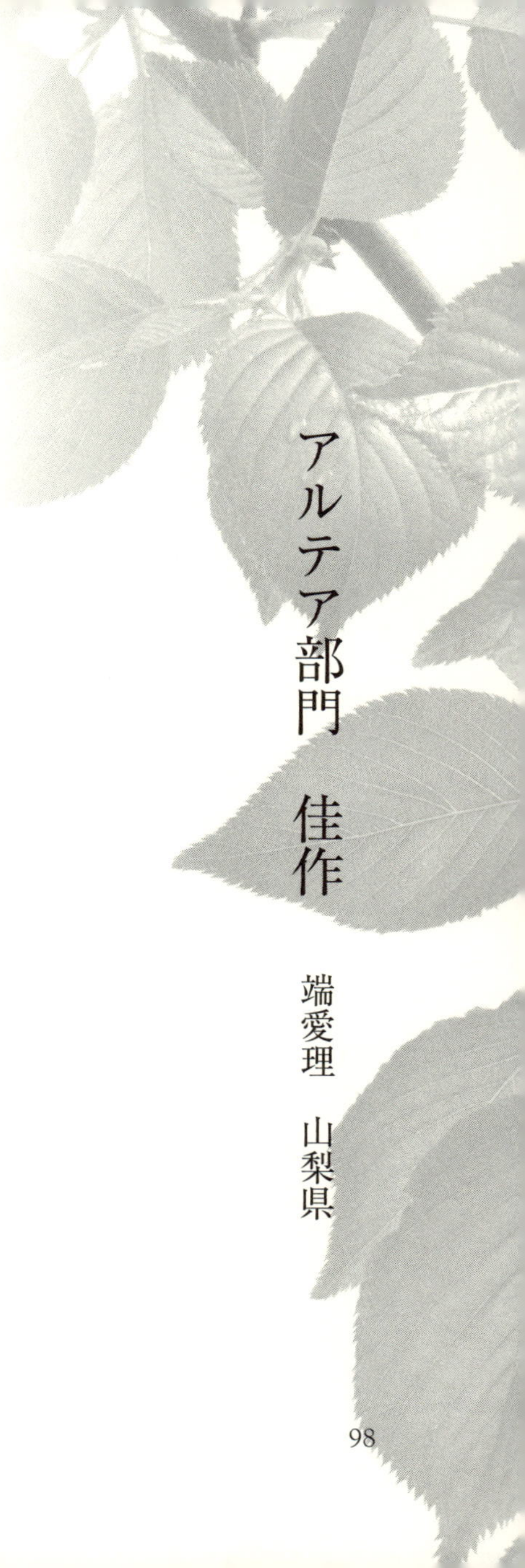

アルテア部門　佳作

端愛理　山梨県

啄木のひたいに触れて聞くかなしみは

わたくしの弱いくちばし何もつつけず

アルテア部門　佳作

高田爽生　兵庫県

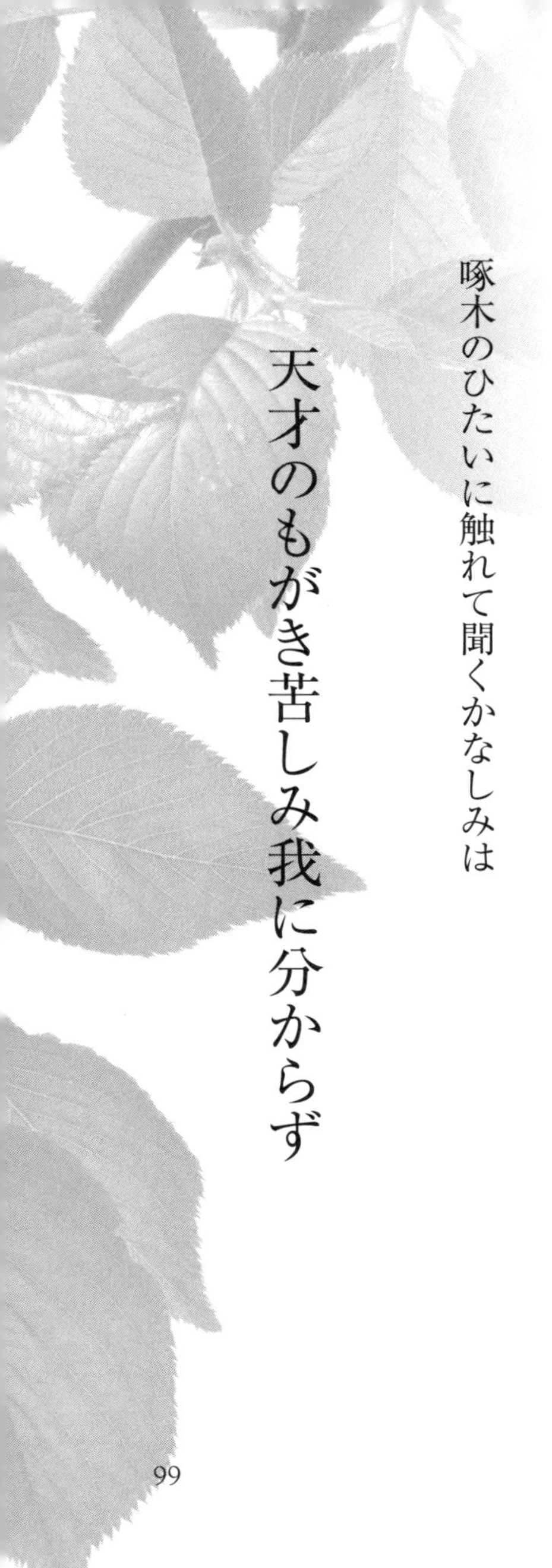

啄木のひたいに触れて聞くかなしみは
天才のもがき苦しみ我に分からず

アルテア部門　佳作

渡辺大祐　山梨県

うずまきの指で描いたちいさいいのち
君の手に淡い炎は燃えていますか

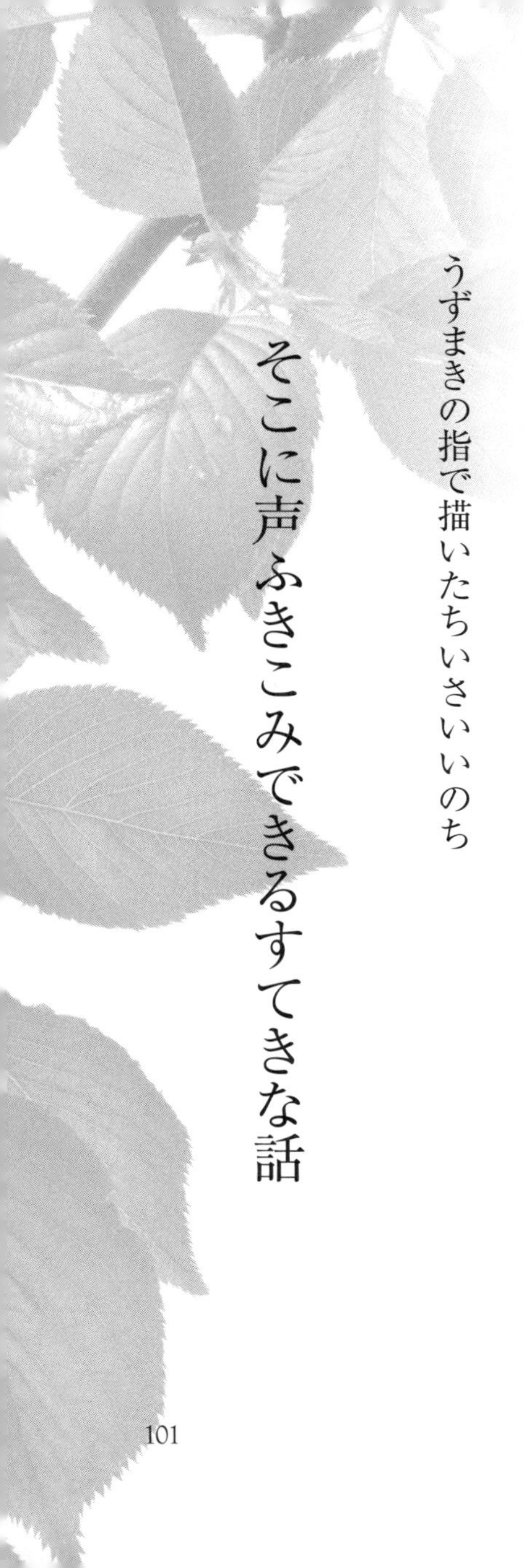

アルテア部門　佳作

河谷優里佳　マレーシア

うずまきの指で描いたちいさいいのち

そこに声ふきこみできるすてきな話

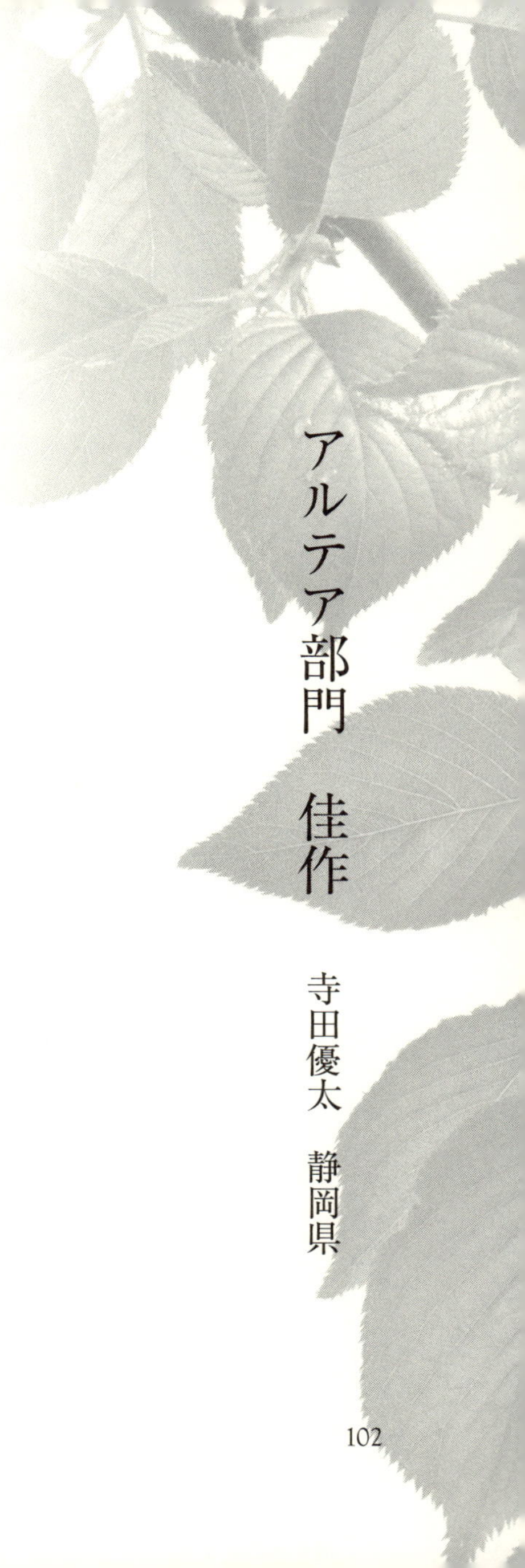

アルテア部門　佳作

寺田優太　静岡県

うずまきの指で描いたちいさいいのち

満月の夜に音なくはばたくやさしさ

アルテア部門　佳作

宍戸優希　山梨県

うずまきの指で描いたちいさいいのち
チョーク粉を指もんに着けて描いた落書き

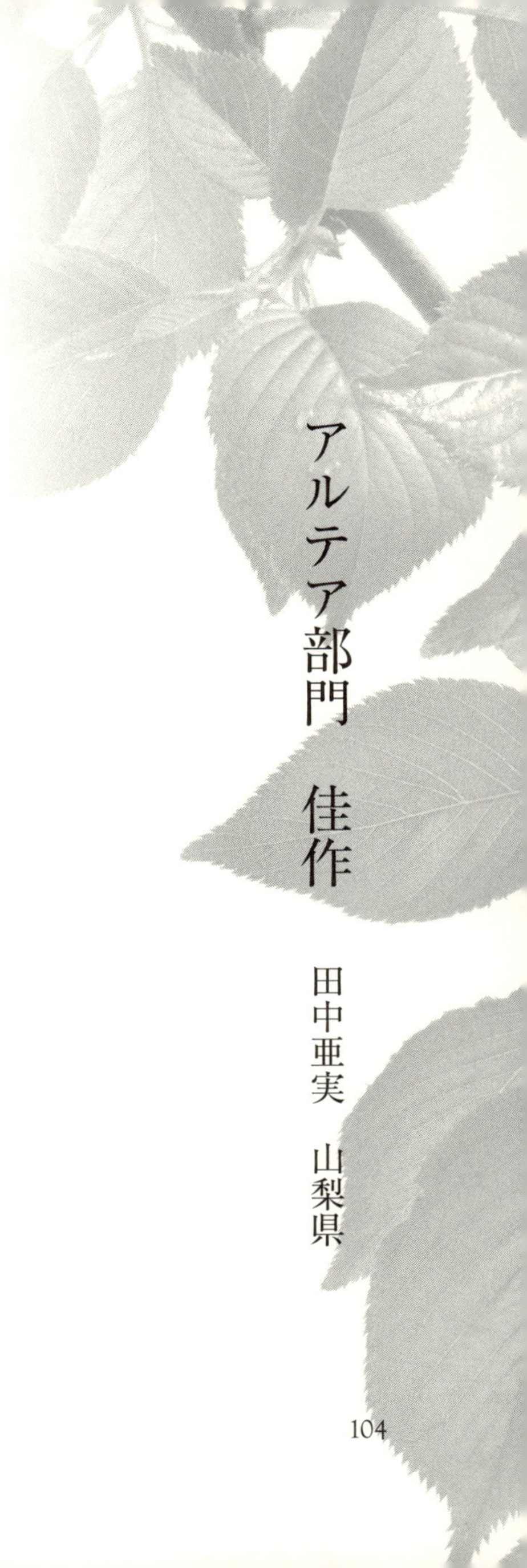

アルテア部門　佳作

田中亜実　山梨県

うずまきの指で描いたちいさいいのち
ひらひらと羽で残した秋のにおいを

アルテア部門　佳作

小澤日菜子　山梨県

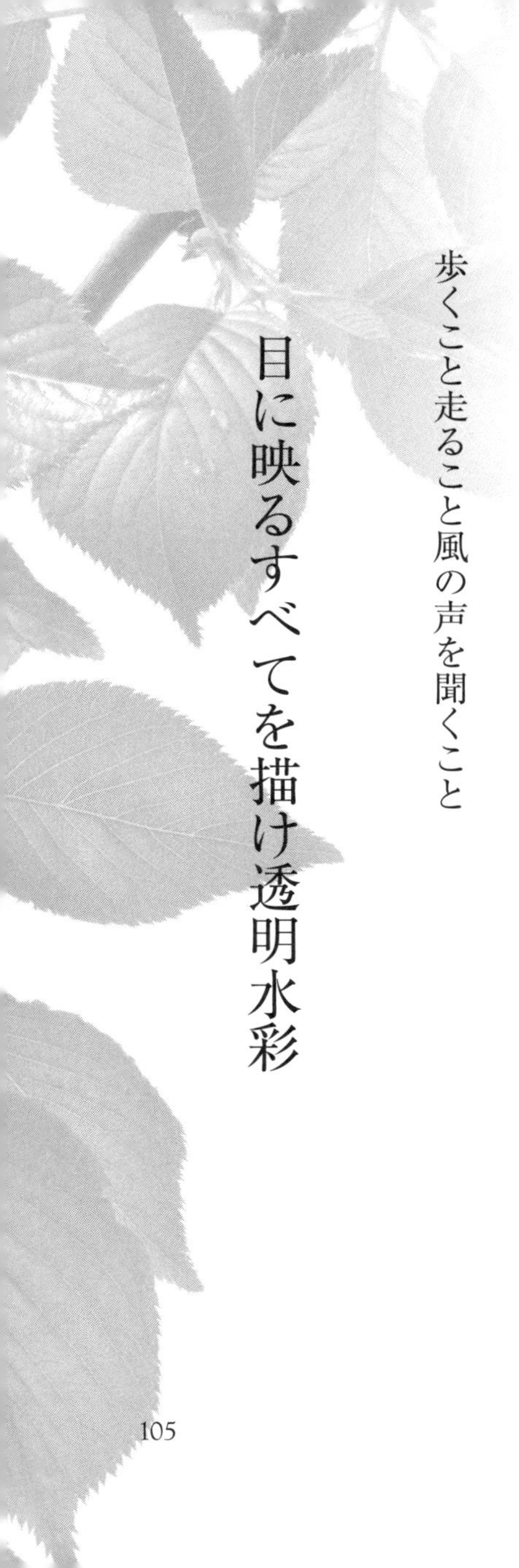

歩くこと走ること風の声を聞くこと
目に映るすべてを描け透明水彩

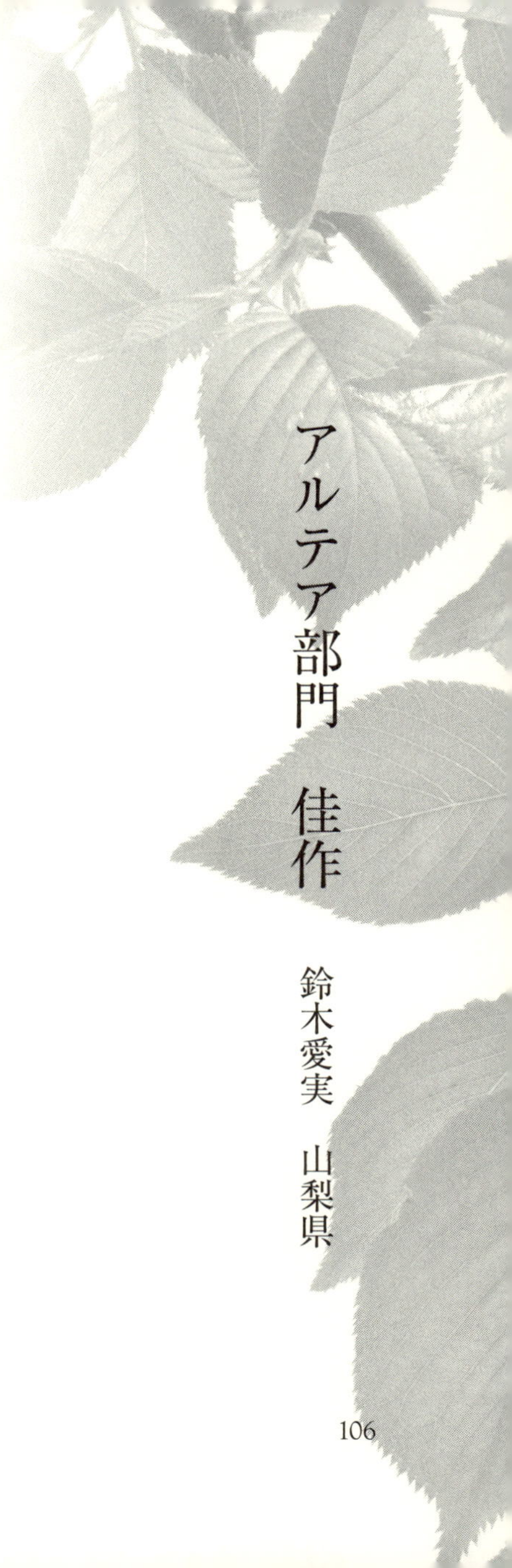

アルテア部門　佳作

鈴木愛実　山梨県

歩くこと走ること風の声を聞くこと
何気ないすべての事が大きな奇跡

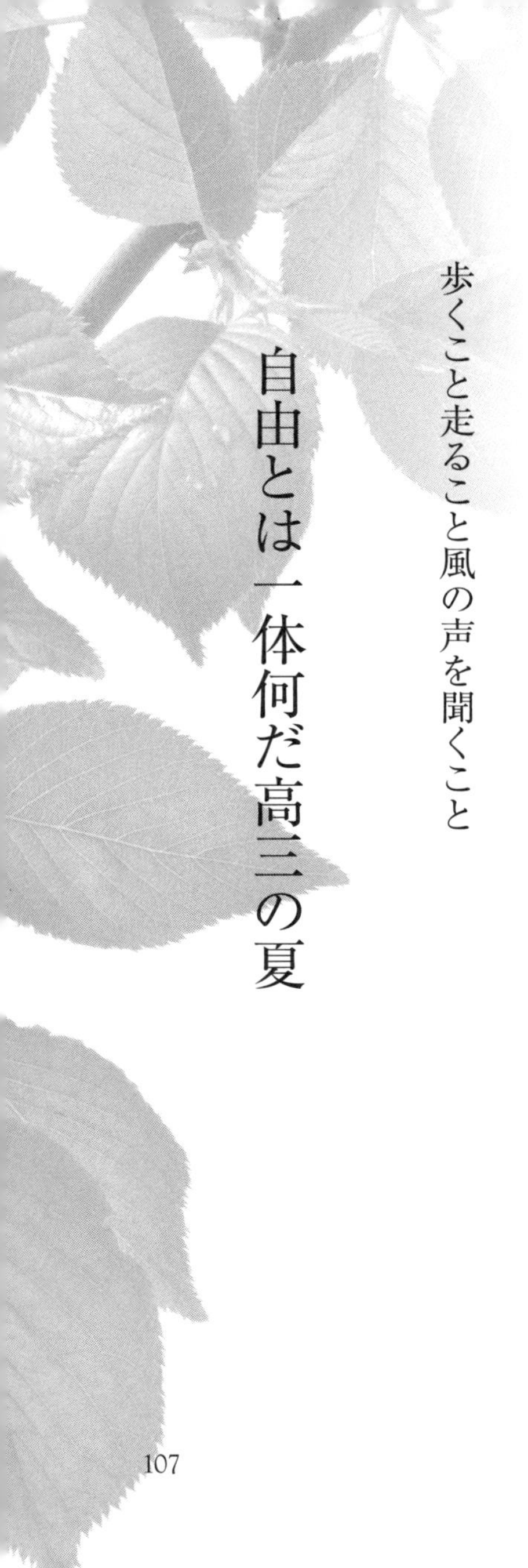

アルテア部門　佳作

長坂拓実　山梨県

自由とは一体何だ高三の夏

歩くこと走ること風の声を聞くこと

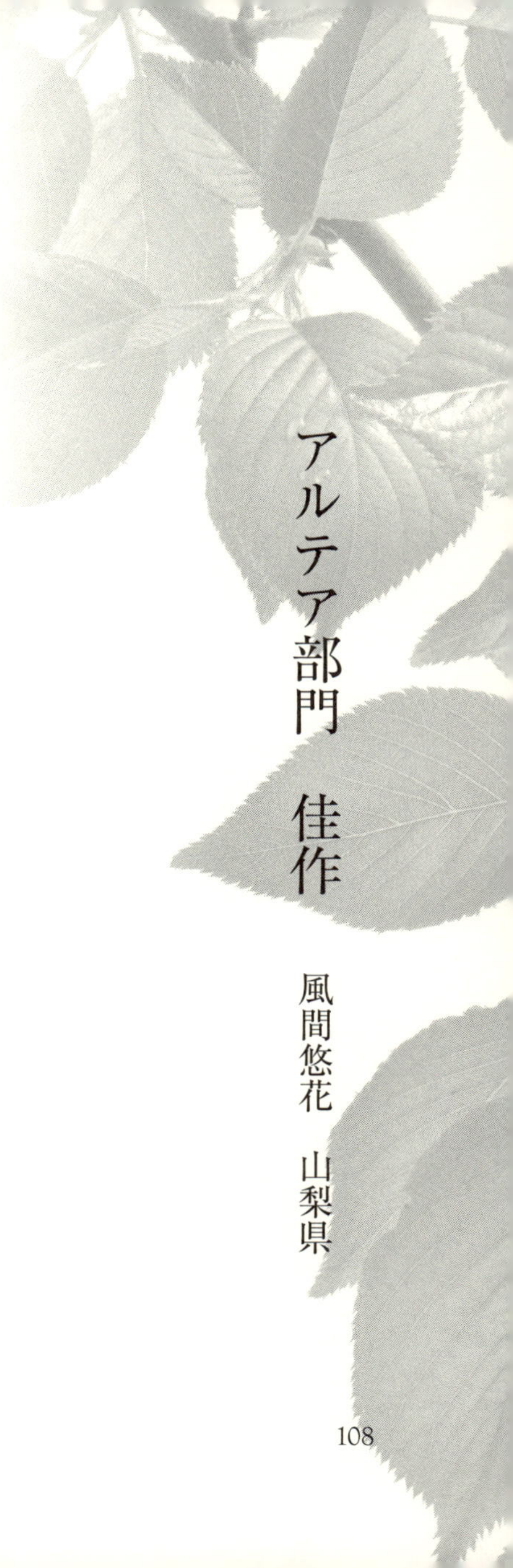

アルテア部門　佳作

風間悠花　山梨県

歩くこと走ること風の声を聞くこと

亡き父を想いこがれる春の花びら

優秀賞

佐藤美弥子　福島県

自転車のギヤを一段あげよう今朝は
海はもう春の光に縁取られてる

優秀賞

菅伸明　愛媛県

自転車のギヤを一段あげよう今朝は

われを待つ三千グラムの命のもとへ

優秀賞

牟礼鯨　東京都

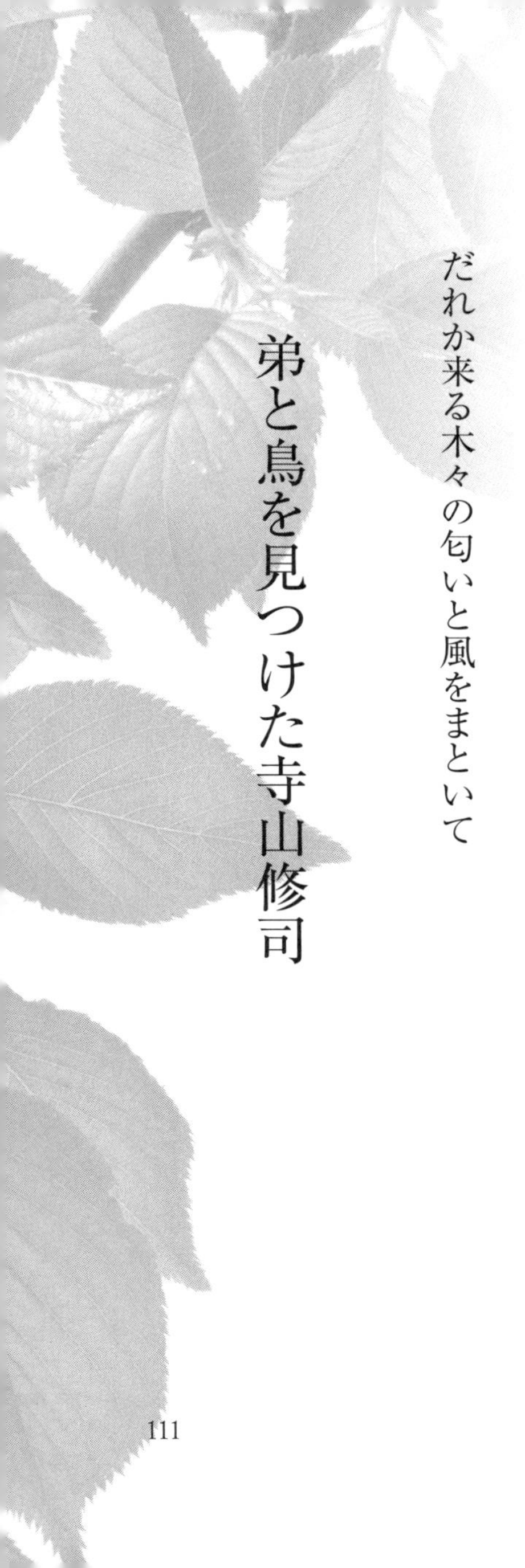

だれか来る木々の匂いと風をまといて
弟と鳥を見つけた寺山修司

優秀賞

市之瀬進　山梨県

だれか来る木々の匂いと風をまといて
右左口の方代さんがこっちへ来とうさ

優秀賞

山田一誓　山梨県

だれか来る木々の匂いと風をまといて
りすなのかどんぐりなのかああまつぼっくり

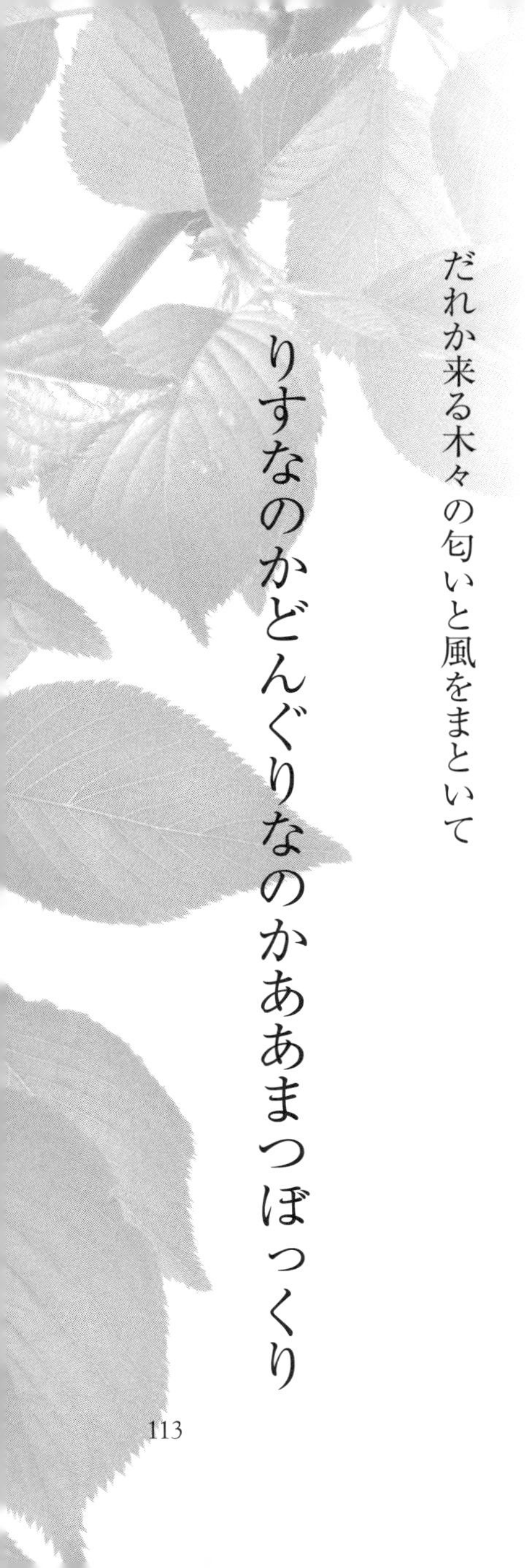

優秀賞

若松優子　東京都

啄木のひたいに触れて聞くかなしみは

頬杖をついた太宰の視線の先に

優秀賞

野田美和子　愛知県

啄木のひたいに触れて聞くかなしみは
うちの前素通りしてく郵便バイク

優秀賞

松下弘美　兵庫県

啄木のひたいに触れて聞くかなしみは
笠智衆になれずに若き俳優の死す

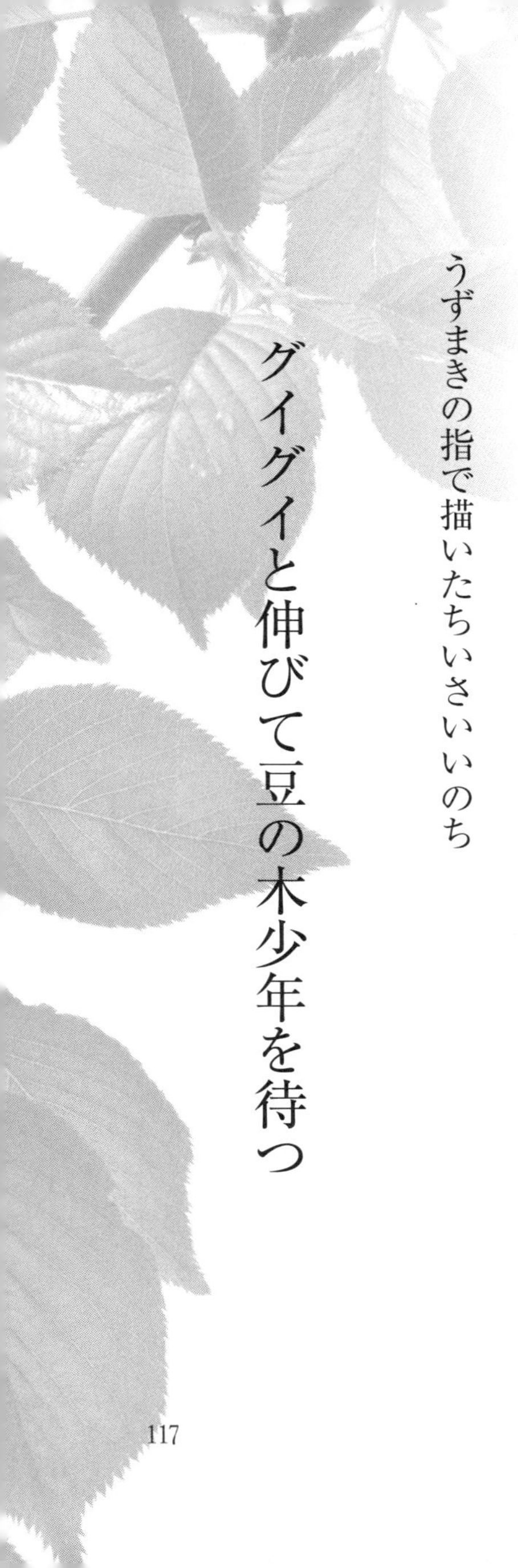

優秀賞

三澤春子　山梨県

うずまきの指で描いたちいさいいのち
グイグイと伸びて豆の木少年を待つ

優秀賞

小松真実　山梨県

歩くこと走ること風の声を聞くこと

日常は日常という名の大事な思い出

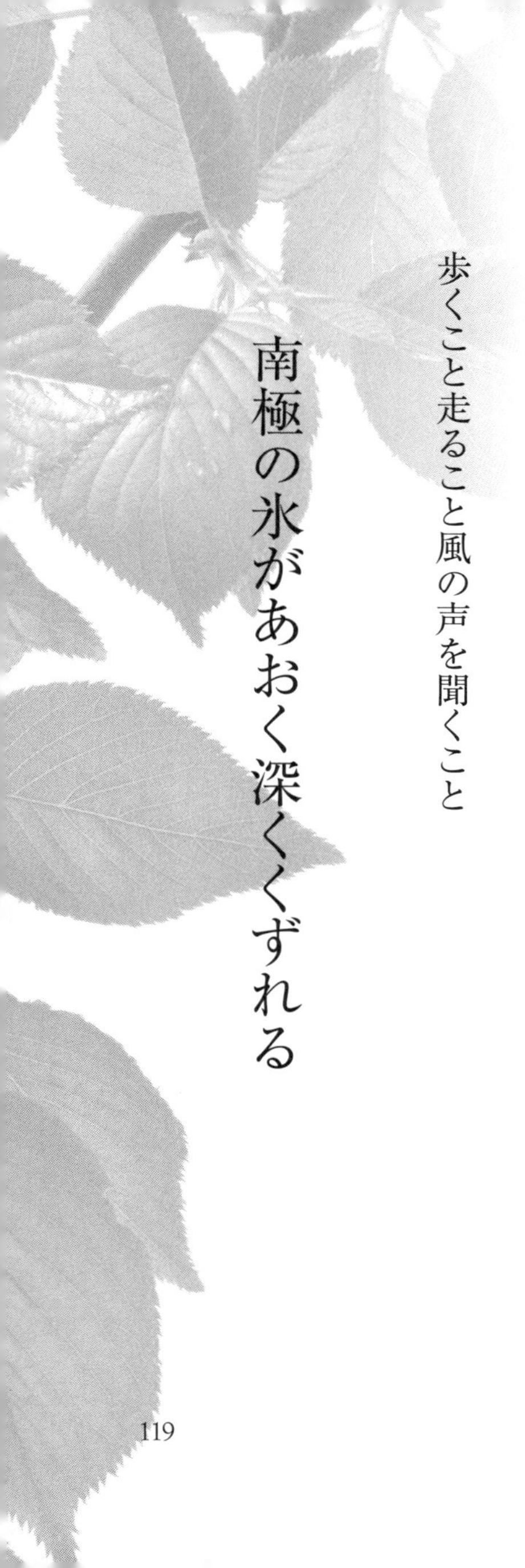

優秀賞

渋谷史恵　宮城県

歩くこと走ること風の声を聞くこと
南極の氷があおく深くくずれる

優秀賞

長田莉奈　山梨県

歩くこと走ること風の声を聞くこと

絶対に振り向かないと覚悟をきめて

「自転車のギヤを一段あげよう今朝は」

ミスチルを口ずさみつつ風を受けつつ　望月飛呂　静岡県

未来とはこの一瞬のその先にある　加々美瑠菜　山梨県

約束の君の答えが凍らぬように　田中杏奈　山梨県

だってほら雲一つない秋空だもの　利根川弓月　愛知県

トマトだってほら強烈に赤いんだから　田辺義樹　山梨県

山里のパン屋のパンの焼き上がるころ　杉本アツ子　静岡県

秋風に終わった恋を手渡すために　関口眞砂子　千葉県

優良賞

笑うこと君と一緒に生きていくこと　野澤良太　山梨県

この道もいつか終わると気がついたから　安光悠香子　兵庫県

今日ならば超えられそうだどんな坂でも　市原拓海　山梨県

「だれか来る木々の匂いと風をまとって」

どうやって私の居場所が分かったのだろう　飯室綾乃　山梨県

サウルスが博物館を抜け出して来る　矢崎克巳　山梨県

八月の涙のわけを語り継ぐため　佐藤美弥子　福島県

新しく家に来たのは大きなテーブル　小泉陽菜　山梨県

生まれ来た小さな命母に抱かれて　松村麗生　大阪府

変わらない十年前のクヌギの香り　西海英雄　山梨県

あれは母ふるさとの母わたくしの母　山縣昭一　茨城県

自転車で配達終えた母の匂いだ　品川智子　香川県

ハーモニカ吹くのをやめておはようと言う　渡邉司　山梨県

知ってるよ去年も来たね夏の終りに　後藤明美　北海道

こんにちわわたしロボットあなたの介護　田辺新造　山梨県

察知した敵でもないけど味方でもない　福井日奈子　兵庫県

優良賞

「啄木のひたいに触れて聞くかなしみは」

泣きぬれる暇など無いぞ平成の海　飯塚和一　埼玉県

文芸も恋もお金も生きているうち　田辺新造　山梨県

ピタゴラスだって解けない恋の苦しみ　松永智文　愛知県

雪のあと雨は追慕のように降るもの　永澤優岸　神奈川県

すぐ側にあなたがいてもこんなに独り　足立有希　兵庫県

天才の前頭葉の皺の波音　伊東真　千葉県

ひとりきりマス目を埋めて生きねばならぬ　木村遥　静岡県

窓を打つ誰のせいでもない今日の雨　川添さとみ　福岡県

手をぢつと見てみたり砂掴んでみたり　永瀬唯　京都府

思い出の中で揺れてるミヤマオダマキ　白川順一　東京都

「うずまきの指で描いたちいさいいのち」

メビウスの運命にただ身を任せてる　曽我匡史　東京都

今もまだ夕焼け雲に足跡がある　佐藤美弥子　福島県

いつまでも心の線でつながっている　谷川健介　広島県

産まれくる妹にむけつむいだ言葉　戸田朝日　山梨県

優良賞

ぬくもりのその一点に記憶の螺旋　山田祐子　山梨県

その指で心に描くおおきいみらい　大河原璃子　Malaysia

にぎったらにぎりかえしたちいさいいのち　白鳥ななみ　山梨県

よろしくね君が握った僕の親指　大柴拓真　山梨県

今もまだ記憶の中を走り続ける　鈴木美結　山梨県

透き通るまだあたたかい抜け殻にふれ　木下由津香　東京都

「歩くこと走ること風の声を聞くこと」

待ってよと二秒遅れの木霊が響く　鈴木絵梨奈　岩手県

五才なら空も飛べたしトトロも見えた　伊藤典子　北海道

ヒロシマで散った命をぼくらは生き抜く　傳明地悠輔　広島県

大丈夫ゆっくりでいいそのままでいい　小松真人　大阪府

青いビー玉のぞけば太古の海面の色か　西田公子　福岡県

それら皆海馬の中の記憶となりて　内田誠　千葉県

笛の音プールサイドのカルキの匂い　西田公子　福岡県

寝転べば空の鰯の一匹となる　荒井千代子　新潟県

不揃いな二百十日の青い雨脚　松本一美　東京都

優良賞

ケチャップとフランクフルトとスクランブルエッグ　田中芳和　山梨県

メロスから愛とは何か教えてもらう　合志強　神奈川県

手のなかでスマートフォンは身を震わせる　野村真也　神奈川県

第十八回酒折連歌賞百選

Sakaori Renga Awards

大賞
文部科学大臣賞

佐藤せつ　千葉県

ありがとうたったひとことメールの返信
四年目の最後の学費振り込みしのち

選評

答えの片歌は、現代に生きる母と子の切実な一場面を坦々と描きます。作者は六十代の女性、かつての経験を語っているのでしょう。懸命に働いた糧を子の学資として送金し、ついに大学を卒業させる日が来たのです。最後の学資を送ったのち、母に返ってきた「ありがとう」のひと言。それが携帯電話のメールによって送られてきたところに現代の生活のひとこまが、せつなく描かれています。「ありがとう」のひと言には母に対する深い感謝の思いが込められています。大学生の貧困が報ぜられる昨今、かけがえのない親子の絆を思わせる答えの片歌です。

Sakaori Renga Awards

山梨県知事賞

小林美成子　静岡県

猫がきておいてけぼりの時をうずめる

小春日の縁側という細長宇宙

選評

この片歌の手柄は、縁側を「細長宇宙」と表現したことです。縁側という場所は、屋外と屋内を繋ぐ不思議な空間です。日々の寝起きや食事や団欒などの役には立ちませんが、ときに応接間になったり寛ぐところになったり多目的に機能します。日本人の自然観を育む場でもありました。まさに「細長宇宙」です。現今の建築からは見られなくなりましたが、この細長い縁側の魅力を忘れたくないものです。

Sakaori Renga Awards

山梨県教育委員会教育長賞

小金奈緒美　埼玉県

聴いてみよう姿勢正して三月の雨

アドリブがきかぬ素数の私のままで

選評

雨の音に耳を傾けるというだけで内省の趣が漂います。それは、一生に一度というような態勢や状況であるはずがなく、語り手の心がたえず内側に向きがちであることを示してもいるでしょう。小金さんのいう「アドリブがきかぬ」という思い返しも、素直にそこに重なりますね。咄嗟に気の利いた反応をするのが苦手という沈思黙考型の人柄は、けして引け目に思う必要などないはずですが、そこに加えて「素数」である自身を長く見守ろうとしています。割り切れない性分ですが…、という感じ。辛めの自己評定といささかの矜持が快い句と思いました。

Sakaori Renga Awards

甲府市長賞

高幣美佐子　東京都

駅に立つ心の声を確かめながら

この位置で同じ車両に乗るきみを待つ

第十八回酒折連歌賞　甲府市長賞

選評

問いは駅のホーム、答えはいつもの時間のいつもの車輌と思わせますから、毎日の登校時あるいは通勤時の場面でしょうか。いつもの朝なのに心の中で自問している。そこに君への思いを確かめている「私」がいます。そこから見えてくるのは、日常が一歩非日常に変化しようとしているドラマ。多くの人が自分のある日の朝、ある日の駅を重ねながら楽しく、また、懐かしく読む。そこがこの答えのいいところです。展開がとても自然な問答、オーソドックスのよさ、と評価しておきましょう。

Sakaori Renga Awards

アルテア部門　大賞
文部科学大臣賞

池田彩乃　中華人民共和国

ありがとうたったひとことメールの返信

舞い上がるささいなことで人って不思議ね

選評

ありふれた日常として埋もれてしまいそうな場所に、光を注いだまっすぐな問いかけに、すこしアングルをずらして答えているところに、ユーモアを感じます。ほんとうにほしかったのは、抱えきれないほどの言葉じゃなくて、「たったひとこと」だったかもしれない。そんなことに気づいたせつな、わけもなくうれしくなったはずなのに、思いがけず驚いたことを打ち消すように、第三者の視点で心を静めている。隠したはずの思いが、倒置法の跳ねるようなリズムで表現されることでその喜びまでもが、ささやかに伝わってくるようです。

入選

窪田和洋　山梨県

猫がきておいてけぼりの時をうずめる

犬もきてライオンもきてああパラダイス

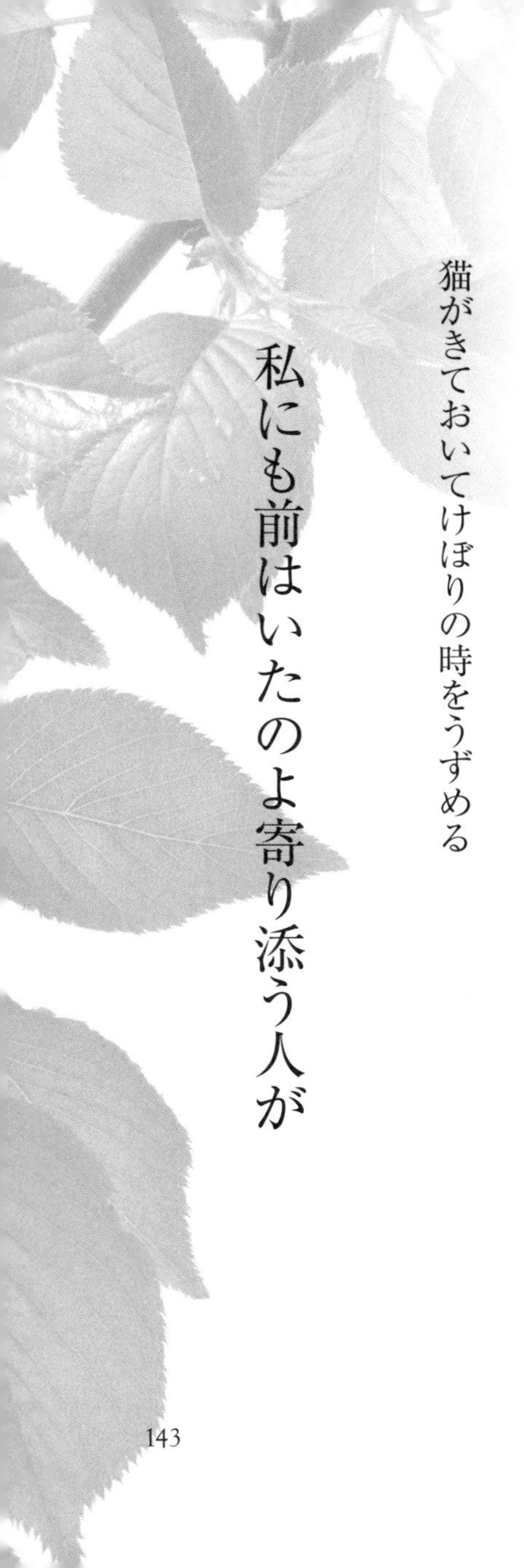

入選

橋本邦子　北海道

猫がきておいてけぼりの時をうずめる
私にも前はいたのよ寄り添う人が

入選

二木潤奈　中華人民共和国

猫がきておいてけぼりの時をうずめる

地球上人類はただ私一人

入選

牟礼鯨　東京都

聴いてみよう姿勢正して三月の雨

文芸部が引き継いでいる十二の不思議

入選

内田誠　千葉県

聴いてみよう姿勢正して三月の雨

それよりもいつごろ石に穴があくのか

入選

水野真由美　神奈川県

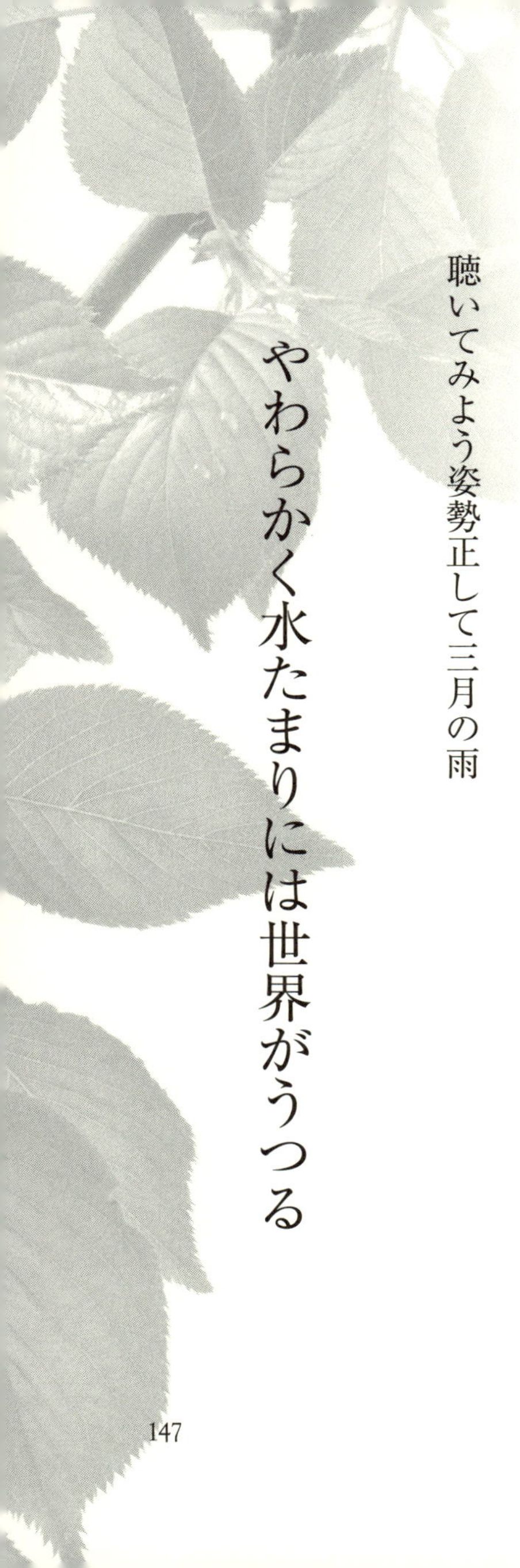

聴いてみよう姿勢正して三月の雨

やわらかく水たまりには世界がうつる

入選

安藝達也　徳島県

満ちてゆく月のかたちに寄せる想いは
路地裏で咲く向日葵の祈りにも似て

入　選

坂内敦子　福島県

ありがとうたったひとことメールの返信
あゝこれはテラノサウルスからかもしれぬ

入選

田畑秀倫　中華人民共和国

駅に立つ心の声を確かめながら
行きたいのか行きたくないのかよくわからない

入選

西田克憲　神奈川県

駅に立つ心の声を確かめながら
人生のＧＰＳは君の眼差し

アルテア部門　佳作

向原樹　広島県

猫がきておいてけぼりの時をうずめる

その後には謝まろうかな友とのけんか

アルテア部門　佳作

本田莉捺　熊本県

猫がきておいてけぼりの時をうずめる
暇ならばあそんでやると言うような目で

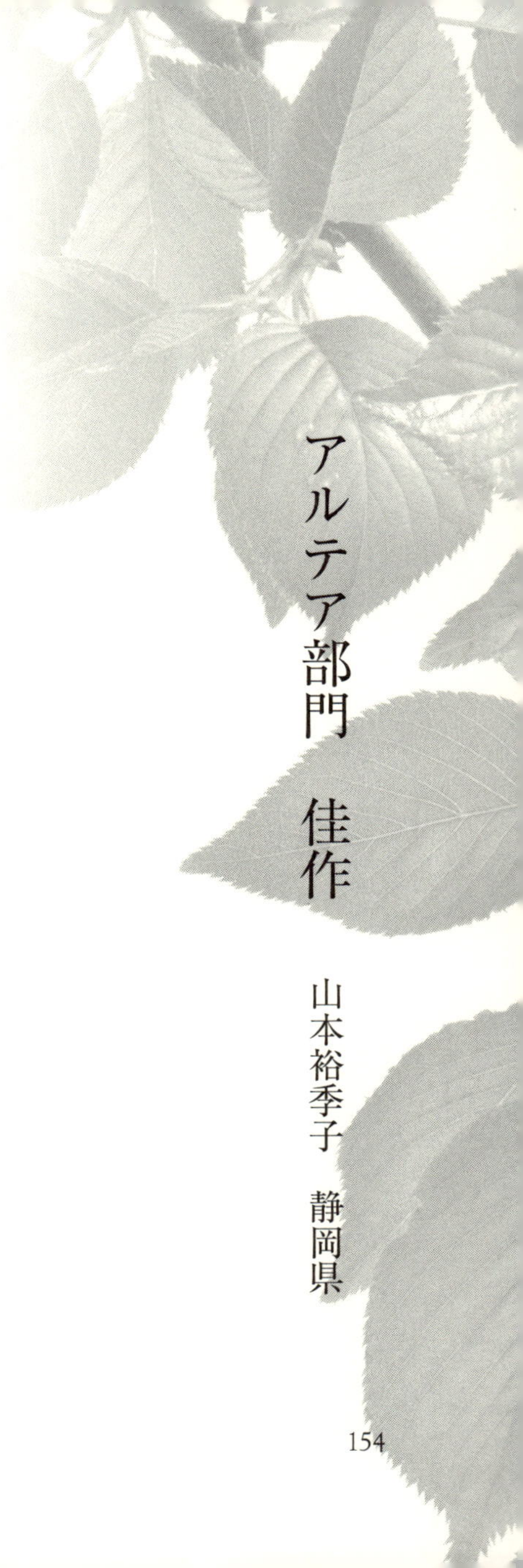

アルテア部門　佳作

山本裕季子　静岡県

猫がきておいてけぼりの時をうずめる

猫にまで心配される私の未来

アルテア部門　佳作

三井輝久　山梨県

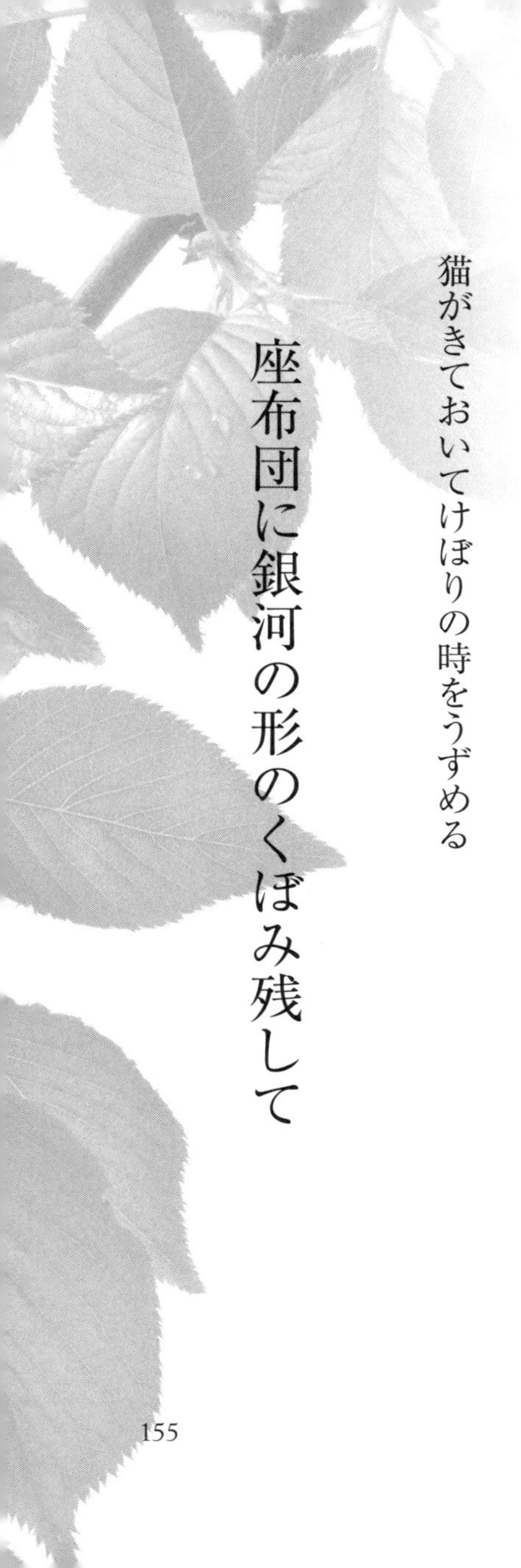

猫がきておいてけぼりの時をうずめる
座布団に銀河の形のくぼみ残して

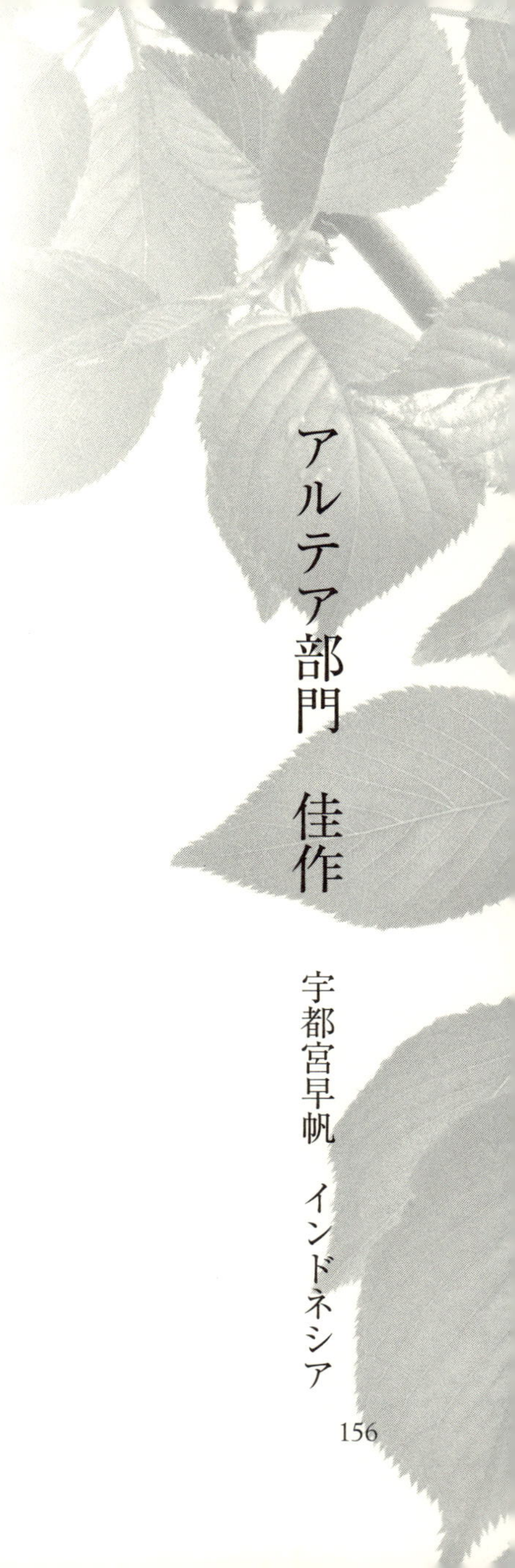

アルテア部門　佳作

宇都宮早帆　インドネシア

聴いてみよう姿勢正して三月の雨

きこえるよ桜の花と手をつなぐ音

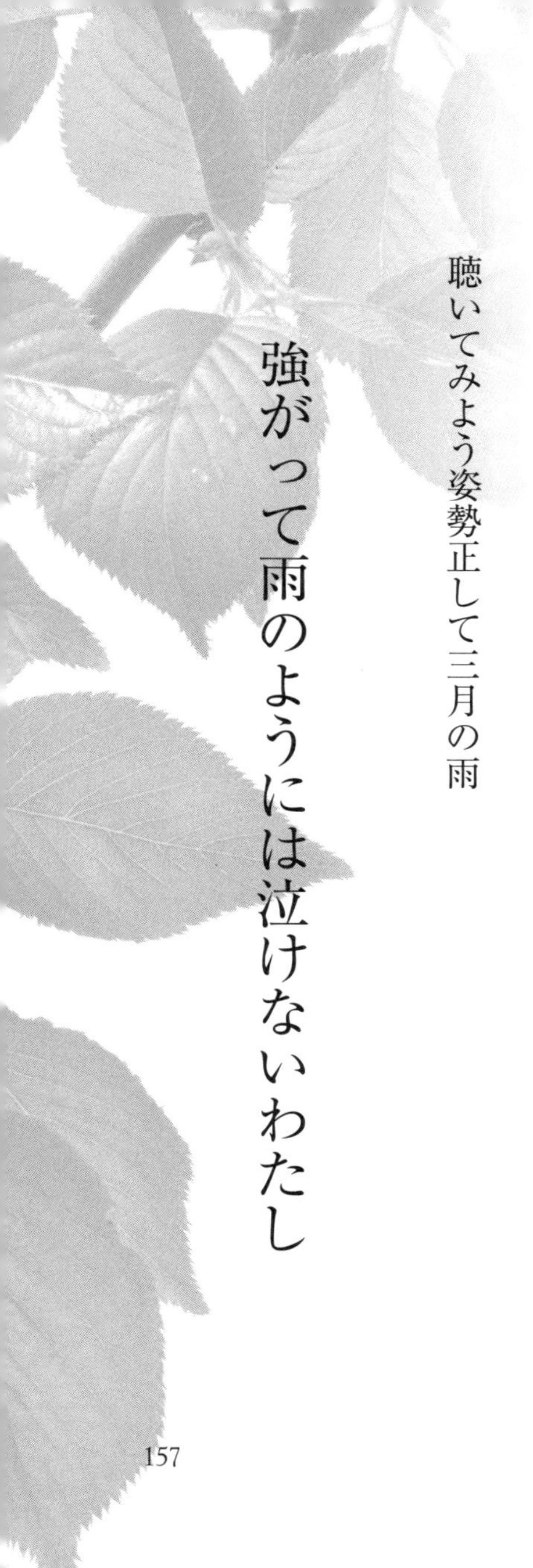

アルテア部門　佳作

渡邉ひまり　山梨県

聴いてみよう姿勢正して三月の雨

強がって雨のようには泣けないわたし

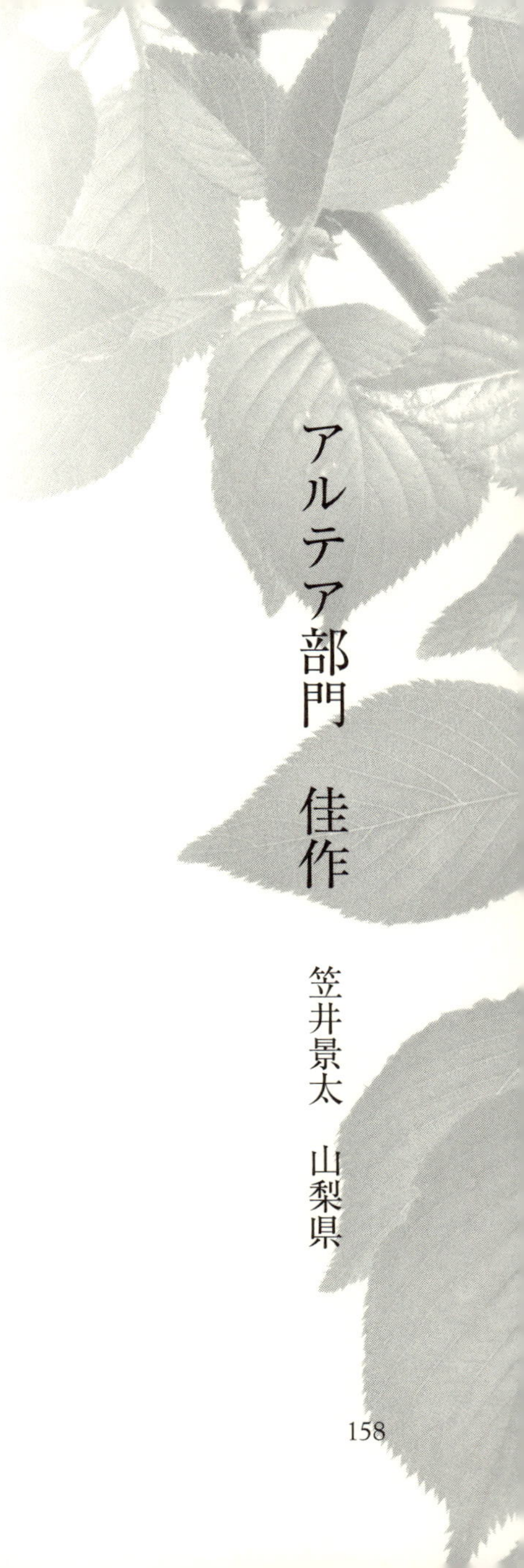

アルテア部門　佳作

笠井景太　山梨県

聴いてみよう姿勢正して三月の雨

惜別の嗚咽の中に混ざらぬように

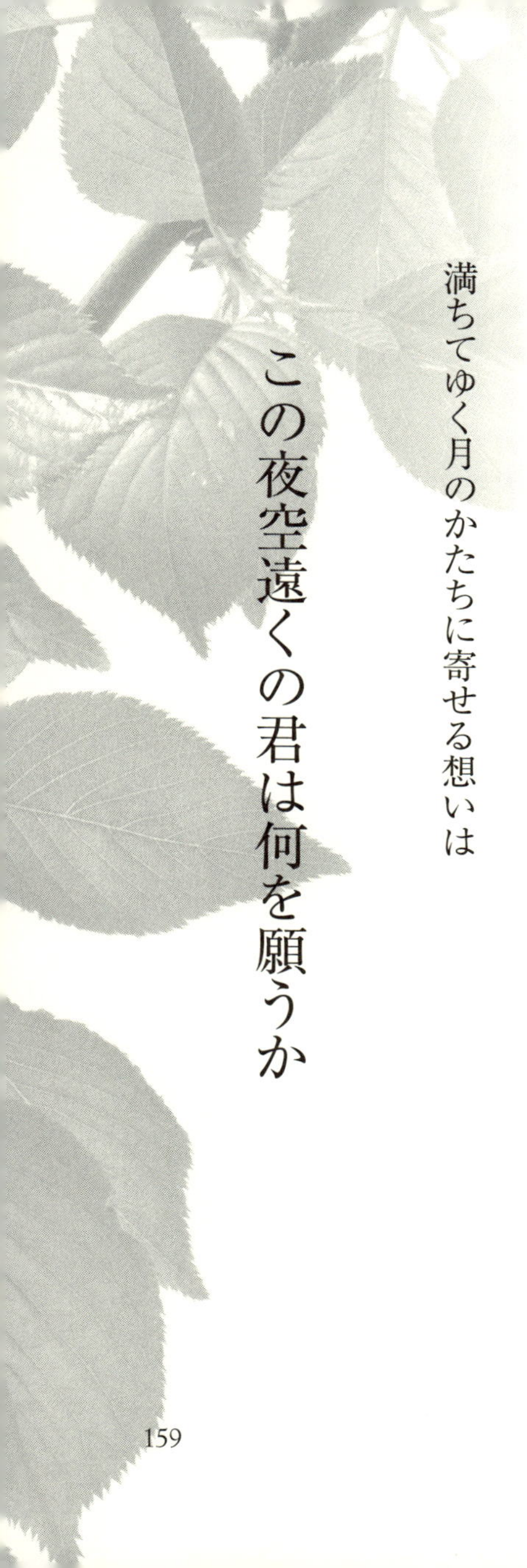

アルテア部門　佳作

坂口遼　インドネシア

満ちてゆく月のかたちに寄せる想いは
この夜空遠くの君は何を願うか

アルテア部門　佳作

桐山愛加　山梨県

満ちてゆく月のかたちに寄せる想いは
いままでの心の中を月に聞かせる

アルテア部門　佳作

藤原竜希　埼玉県

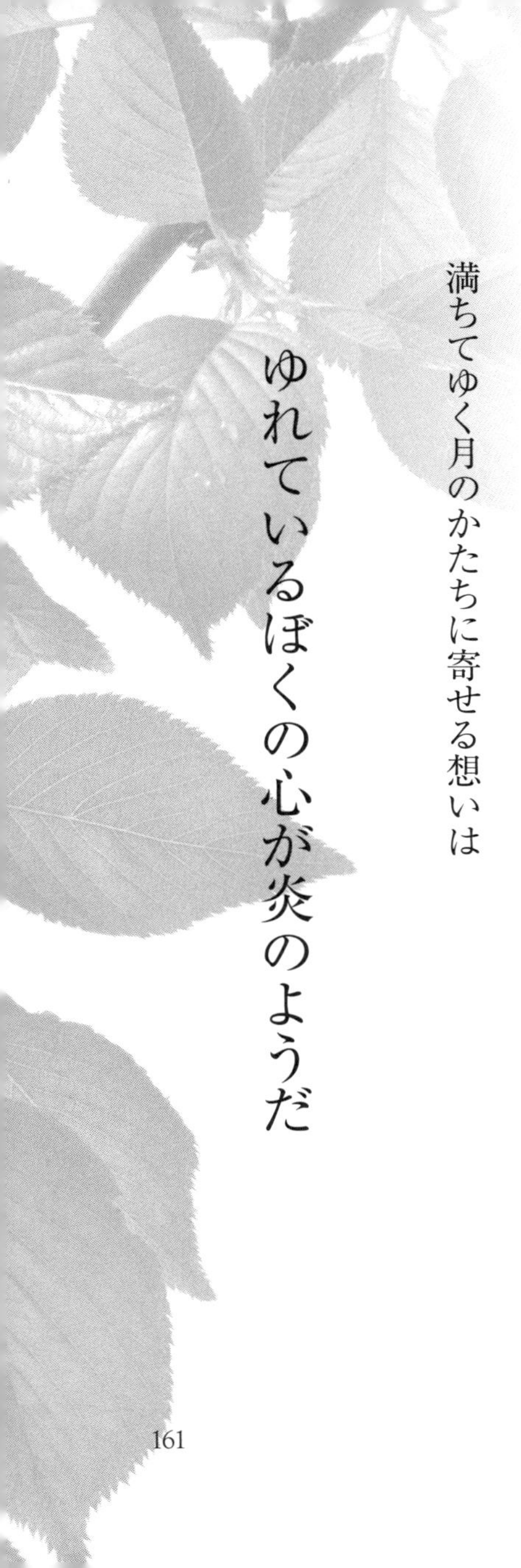

満ちてゆく月のかたちに寄せる想いは
ゆれているぼくの心が炎のようだ

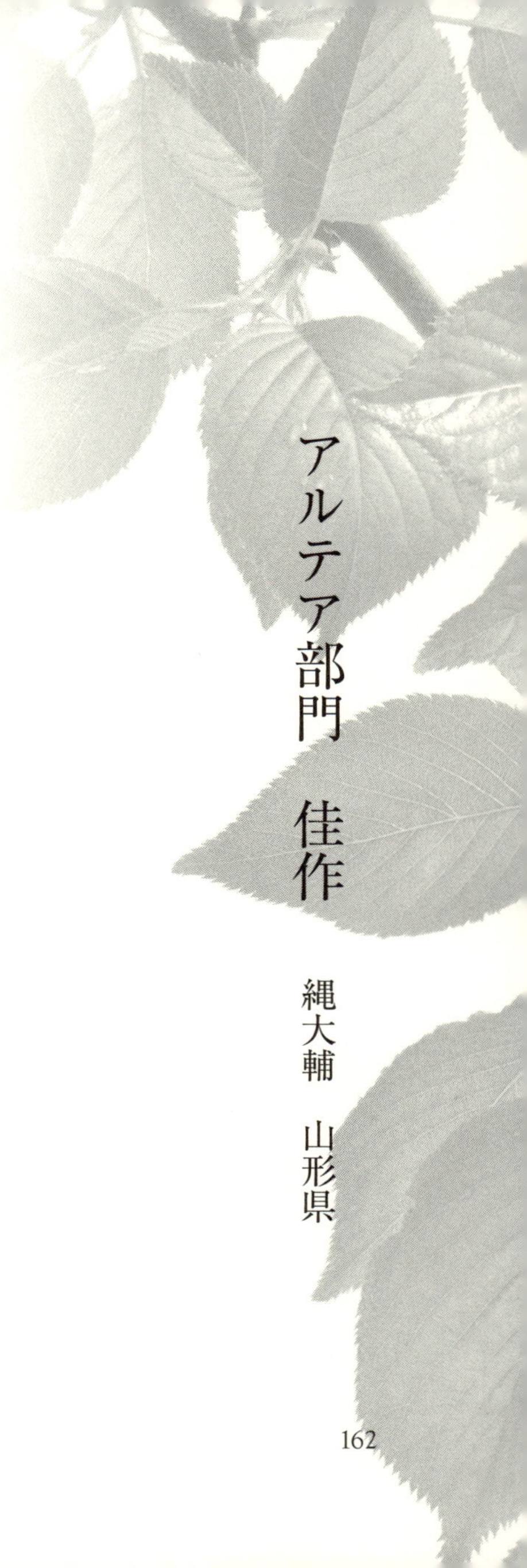

アルテア部門　佳作

縄大輔　山形県

満ちてゆく月のかたちに寄せる想いは

十五夜の満ちてる月は人の心だ

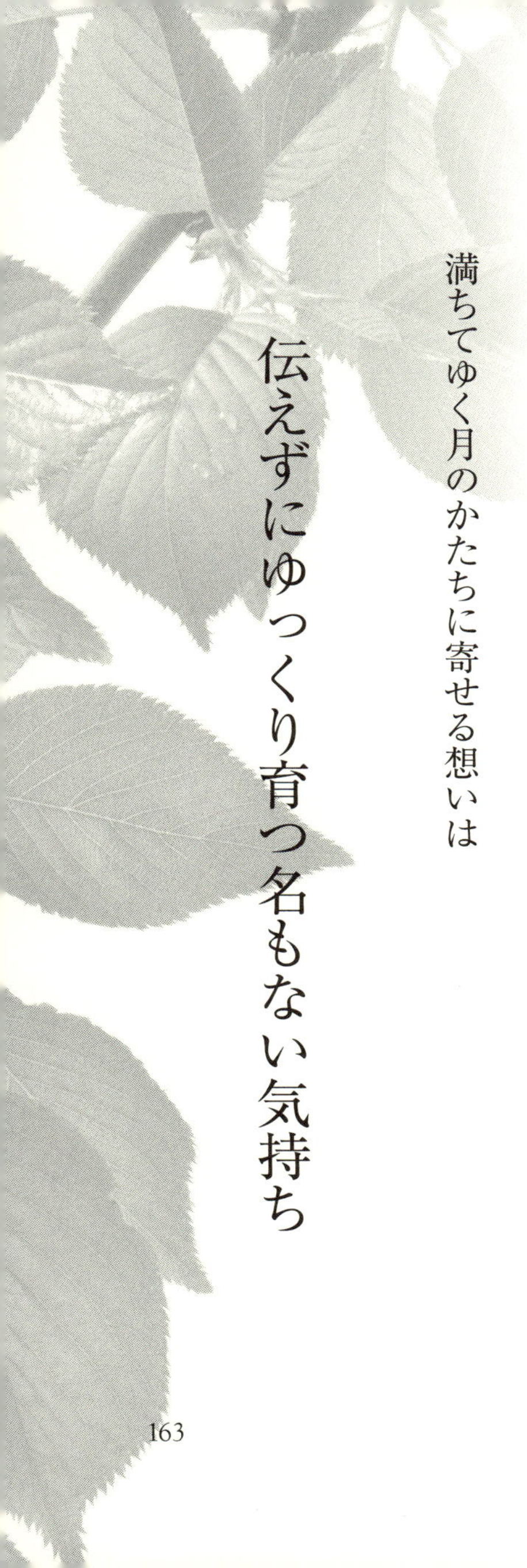

アルテア部門　佳作

丸田玲佳　山梨県

満ちてゆく月のかたちに寄せる想いは
伝えずにゆっくり育つ名もない気持ち

アルテア部門　佳作

入江寧琉　インドネシア

満ちてゆく月のかたちに寄せる想いは
戦場で平和を待ってる小さな瞳

アルテア部門　佳作

風間明日香　山梨県

ありがとうたったひとことメールの返信
八月の涙の理由を語り継ぐため

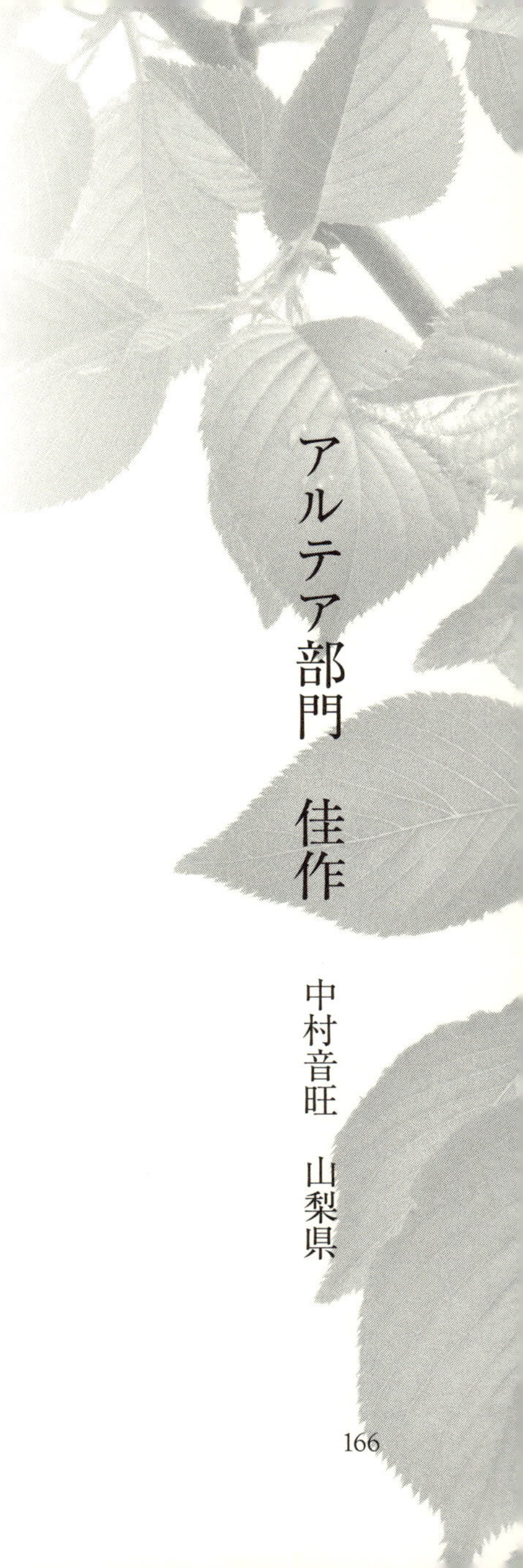

アルテア部門　佳作

中村音旺　山梨県

ありがとうたったひとことメールの返信

祖母の手が慣れぬフリック見える気がする

アルテア部門　佳作

鈴木将　山梨県

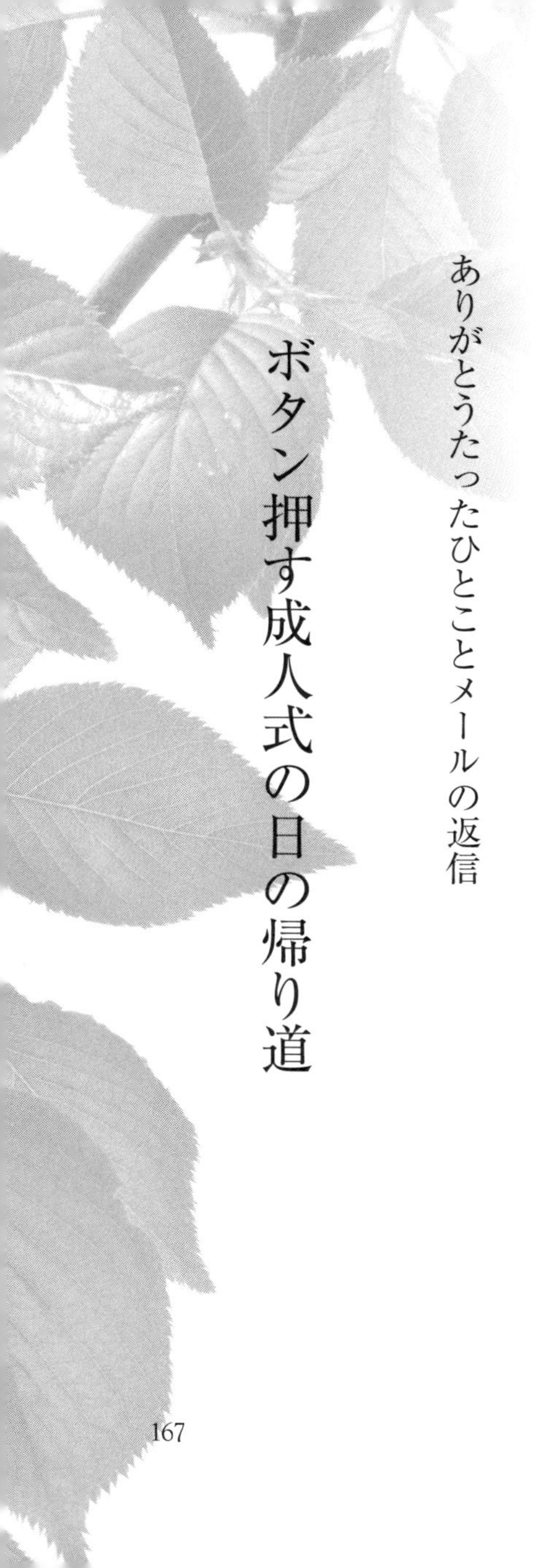

ありがとうたったひとことメールの返信
ボタン押す成人式の日の帰り道

アルテア部門　佳作

山岸楓佳　山梨県

ありがとうたったひとことメールの返信
うれしさを隠しきれずに電話手にとる

アルテア部門　佳作

武藤沙季　山梨県

駅に立つ心の声を確かめながら
決められたレールの上をはずれる勇気

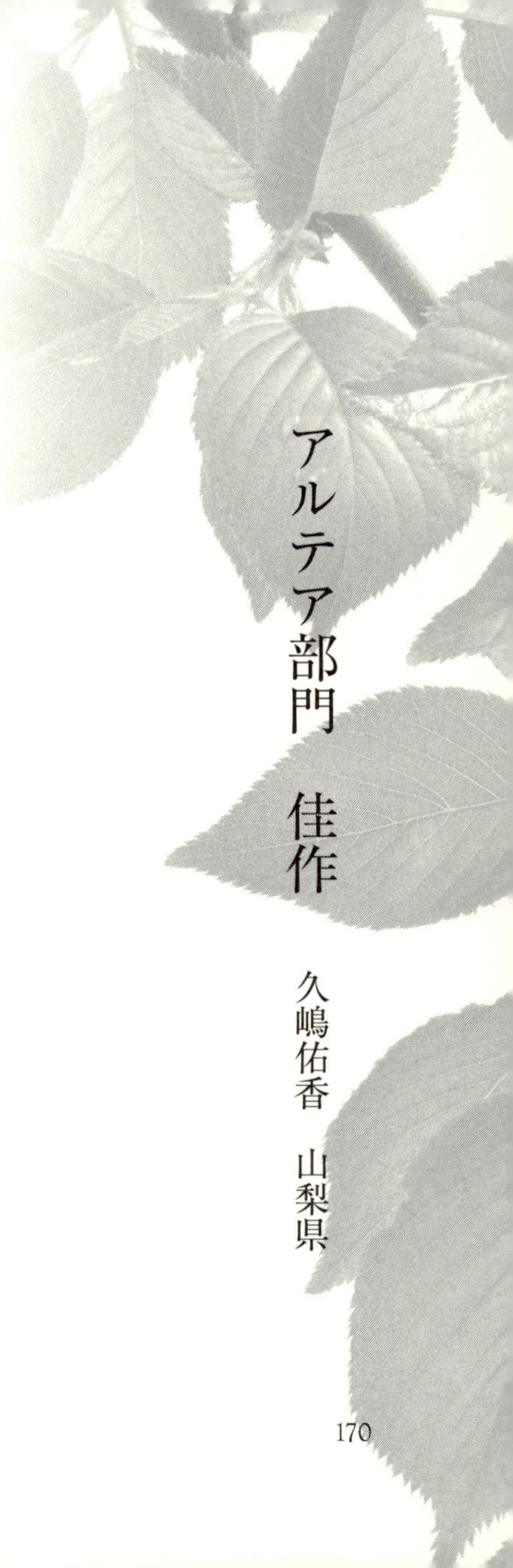

アルテア部門　佳作

久嶋佑香　山梨県

駅に立つ心の声を確かめながら
浴衣着て小さな一歩大きな一歩

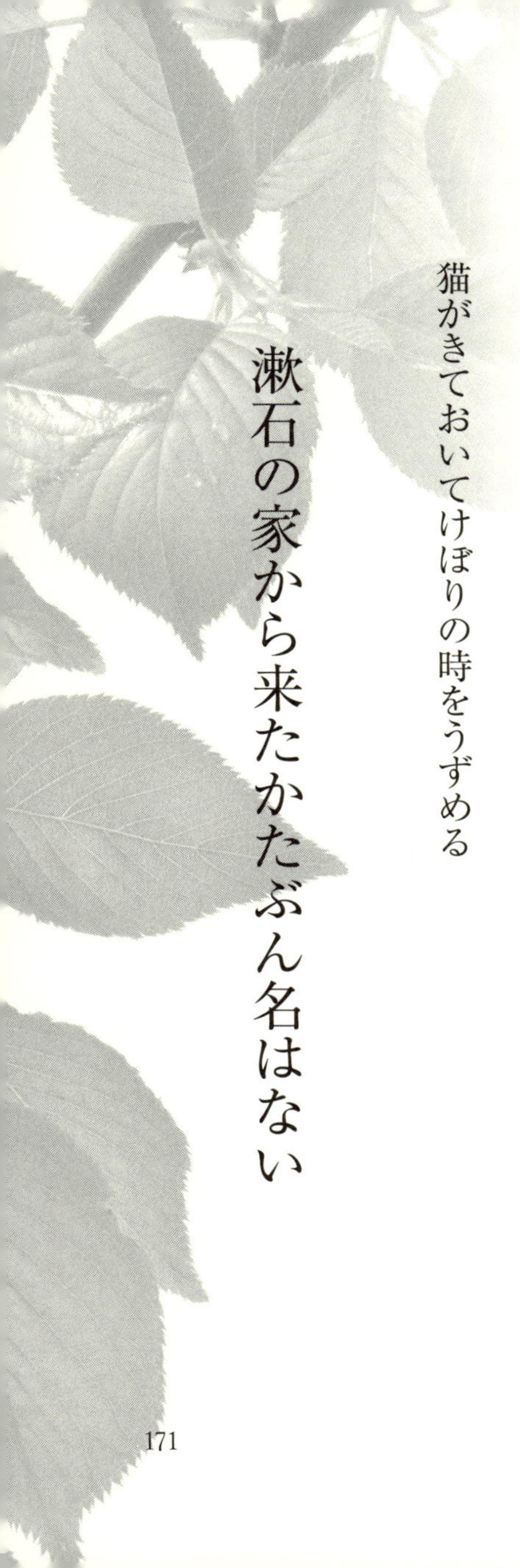

優秀賞

合志強　神奈川県

猫がきておいてけぼりの時をうずめる
漱石の家から来たかたぶん名はない

優秀賞

小杉真矢　埼玉県

猫がきておいてけぼりの時をうずめる
この猫は消えた貴方の生まれ変わりか

優秀賞

市之瀬進　山梨県

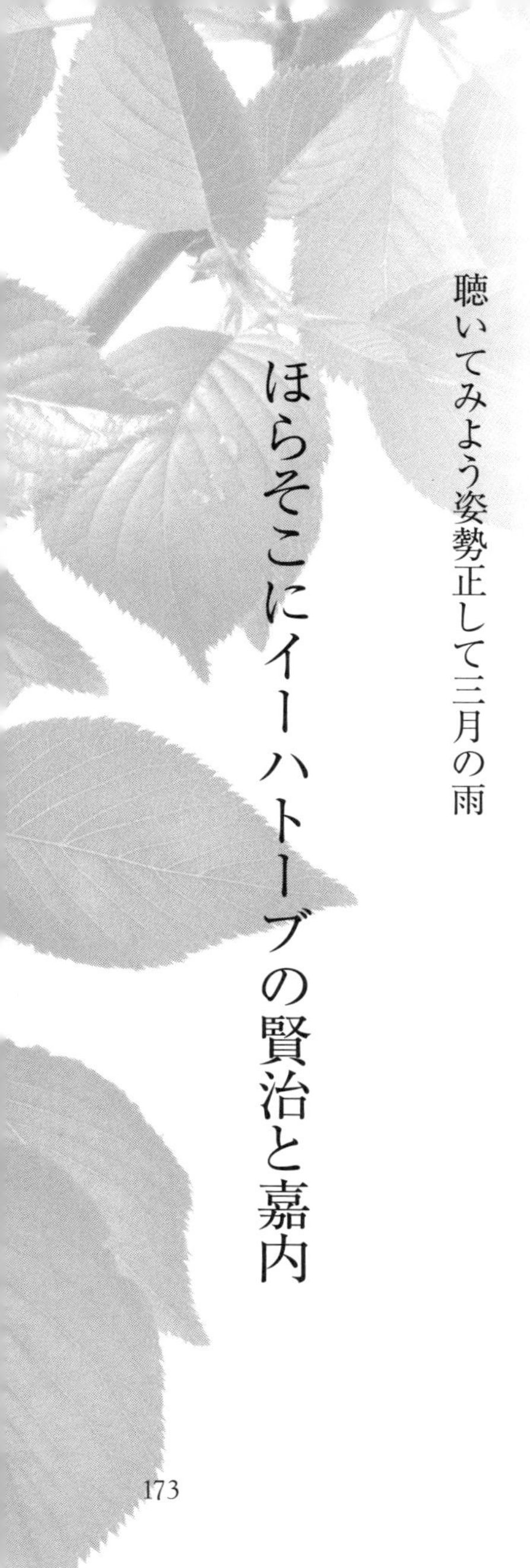

聴いてみよう姿勢正して三月の雨
ほらそこにイーハトーブの賢治と嘉内

優秀賞

高野右汰　山梨県

聴いてみよう姿勢正して三月の雨

夜明け待つ写真の中のワルシャワの空

優秀賞

金本かず子　山梨県

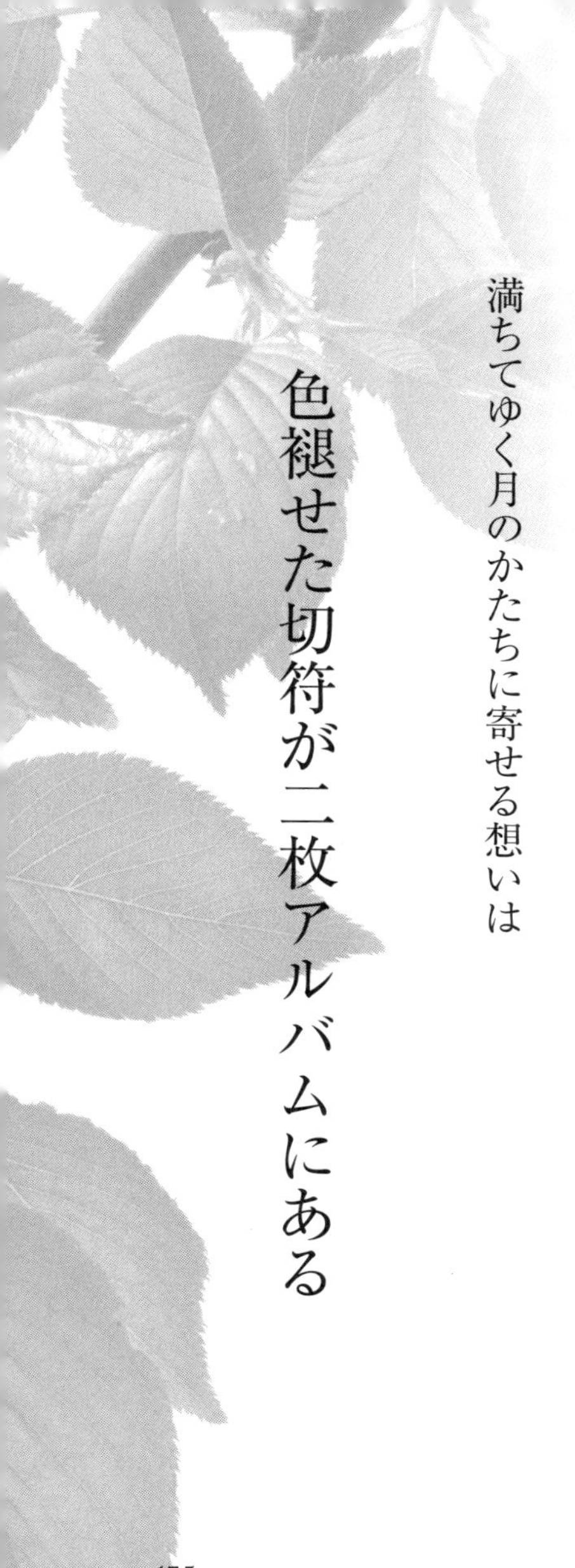

満ちてゆく月のかたちに寄せる想いは
色褪せた切符が二枚アルバムにある

優秀賞

長峯雄平　東京都

ありがとうたったひとことメールの返信

君といる宇宙の中の小さな地球

優秀賞

金子歩美　群馬県

ありがとうたったひとことメールの返信
ガラケーの定型文の三十番目

優秀賞

藤倉清光　岩手県

ありがとうたったひとことメールの返信

ほんとうはさよならだったはじまりのため

優秀賞

飯室綾乃　山梨県

ありがとうたったひとことメールの返信
いくじなし白い画面にそっとつぶやく

優秀賞

清水千代美　大阪府

ありがとうたったひとことメールの返信
さようならよりも淋しい言葉だと知る

優秀賞

清水美希　山梨県

駅に立つ心の声を確かめながら

さようなら祖母と過ごした小さなおうち

優秀賞

小倉楓子　山梨県

駅に立つ心の声を確かめながら

お守りはずしりと重い父のおにぎり

「猫がきておいてけぼりの時をうずめる」

気が付けば夕焼け雲に手が届きそう　吉村未来夢　山梨県

おい猫よ今同じこと考えてたな　山本貴仁　山梨県

本当はちょっとうれしい妻の長旅　菅伸明　愛媛県

その猫はとなりの家のトラマルだった　増村有哉　山梨県

時計の針まだ五分しか進んでいない　中原翔　熊本県

此の猫は過ぎ行く日々を全部見ている　荒井孝仁　愛知県

忌まわしい戦の記憶いまも消えない　輝広志　沖縄県

優良賞

ふと思うぼくは猫なのかもしれないと　荒井千代子　新潟県

あと少し紅を刷こうか眉を描こうか　野田美和子　愛知県

ちっぽけな未練も今は生きてる証　小金奈緒美　埼玉県

ウツという漢字は書けぬ昨日も今日も　高橋まりえ　北海道

「聴いてみよう姿勢正して三月の雨」

第二ボタンくださいなんてもう古いかな　加藤まみ　高知県

雪解けに音があることおしえてくれる　坂下沙紀　北海道

この雨があがれば来るさ出会いの季節　後藤妙恵　山梨県

音立てず土に真っ直ぐ夢に真っ直ぐ　大窪純子　兵庫県

雨の音を聞いて作曲する人もいる　山縣敏夫　山口県

沁みてゆく大地に川にそして私に　山本祐子　山梨県

居残って雨かんむりの漢字学習　松本一美　東京都

あの一瞬雨のにおいに思い出される　羽田楓　山梨県

五年後も十一日を抱きしめながら　和井田勢津　青森県

思い出す入学式も雨だったなと　網蔵未優　山梨県

巻貝の心で母という海を知る　山野大輔　大阪府

優良賞

明日からは肩書のない旅人となる　持永多賀子　神奈川県

「満ちてゆく月のかたちに寄せる想いは」

漆黒の森に眠れるアヲスヂアゲハ　畠山みな子　宮城県

消さないで僕という名の六等星を　坂本菜南子　山梨県

あの人に寄せる想いと少し似ている　宇都宮夏日　愛媛県

揺らぎゆく月のかたちに耳を澄まして　五味唯美　山梨県

遠い空射手座の弓矢どこへとんだか　深沢彩花　山梨県

欠けてゆく心のかたち拾い集めて　黒川周平　栃木県

針のない時計のような夜が始まる　大和田百合子　千葉県

「ありがとうたったひとことメールの返信」

そして消すたったひとつのアドレスを今　須藤梨那　山梨県

送るまでなぜためらっていたのだろうか　川野莉奈　山梨県

バンテージ巻いてリングに向かうボクサー　松永智文　愛知県

わからない返せないまま時が過ぎてく　古屋美香　山梨県

おばあちゃん次は絵文字を教えてあげる　金子歩美　群馬県

添付したダリアの意味は通じなくても　内藤詩乃　山梨県

優良賞

出発の空港ロビーがやけに明るい　水野真由美　神奈川県

百歳の伯母のメールは朝六時発　吉川太郎　京都府

それだけで私の心ヒマワリ畑　森井芽生　富山県

猛暑より心はきっと汗だくだろう　大久保風　山梨県

思春期で口も利かない二階の主　山本哲久　広島県

「駅に立つ心の声を確かめながら」

義父となる人をただ待つ背広姿で　曽我匡史　東京都

ひだり手に古びたかばんと父のおもかげ　土井湧水　山梨県

届けたい私の声で私の歌を　安藤優李　山梨県

前を向け満場一致の脳内会議　渡井由佳　静岡県

いつの日もそこに佇む電話ボックス　小池真由　山梨県

たくさんのドキドキワクワク心につめて　戸出夢乃　埼玉県

踏み出そう雲ひとつない青空の下　石井実希　山梨県

この町にいつか帰ってこられるように　田中くるみ　大阪府

今ならばなんでも出来る14の朝　秋山大樹　山梨県

泣きそうな今の心をこわしてみよう　坂野栞　北海道

優良賞

会社とは逆の電車で海へ行く朝

長峯雄平　東京都

ああそうだハンカチひとつおとしていこう

小林万紀　山梨県

指切りに時効あるのか指が知ってる

北村純一　神奈川県

11

第十九回酒折連歌賞百選

Sakaori Renga Awards

大　賞

文部科学大臣賞

森へ入る儀式のように小声でうたう

動物にお邪魔しますと二礼二拍手

渕上友美奈　三重県

選評

森には熊のようなおおきな生き物から、落葉の下の小虫まで、多くの動物がいます。そこに人間が立ち入る際の礼儀として、私どもが神社での拝礼とおなじ作法の「二礼二拍手」をしました。ほんとうにこのようなことをすれば「なにやってるんだ」と笑われそうですが、森閑とした森を敬う気持ちのあらわれとして、いい答えになっていると感心しました。熊や小虫がどうぞお入りくださいと言ってくれそうです。

Sakaori Renga Awards

山梨県知事賞

内藤詩乃　山梨県

百年を考えている夏目漱石

罪悪と言われし戀をまだ知らぬ我

第十九回酒折連歌賞　山梨県知事賞

選評

二〇一六年は、夏目漱石没後百年。漱石は、明治という新しい時代の文明開化とそこに生きる人の心のさまざまな葛藤について考えました。そんな漱石が百年後の日本の行く末を考えていると問いの片歌は語りかけます。漱石の小説「こころ」では、語り手の青年に向かって「先生」が「恋は罪悪ですよ」「そうして神聖なものですよ」と語ります。漱石は、恋にとらわれた「先生」が「K」という友人を欺き、その罪を背負って生きる姿を描きました。内藤詩乃さんの答えの片歌は、漱石の小説の人物たちが悩み苦しみ、「罪悪」とまで言った「戀」を「私はまだ知らないのです」と、どんなに時代が変転しても、恋のとば口で足踏みし戸惑う少女である自身を語ります。ういういしい自己を肯定する自恃が若さを語っています。

Sakaori Renga Awards

山梨県教育委員会教育長賞

古賀由美子　佐賀県

ニホニウム　１１３をはじまりとして

神様はあちらこちらでかくれんぼする

選評

科学の要素に裏を返すごとく非科学的反応をする。確信的手法のひとつですが、茶化しが効いてユーモアも伝わりやすく、短く述べて完結する短詩型文芸には大いに有効だと思います。古賀さんが神様を登場させ、幼子さながらに遊ばせているのも、その意味で引き立っていました。科学の世界はなお神秘に包まれていることがあるはず、という真理をも匂わせて説得力がありなす。今でも解明されていないことが大半なのかもしれませんね。

Sakaori Renga Awards

甲府市長賞

塔筋一春　大阪府

十字路で迷子になったちいさな羊

迷うほど歩いてみたい自分の足で

第十九回酒折連歌賞　甲府市長賞

選評

今まで歩いてきた道を振り返って立ち止まりたくなる時、ふとよぎるかすかな心のゆらぎ。そんな片歌に対して塔筋さんは「迷うほど歩いてみたい自分の足で」と切実に詠われました。齢を重ねて、ふと来し方を思う。そんな日々の祈りにも似た思いが、「迷うほど」という言葉に託されました。それを受けて「自分の足で」と潔さも伴いながらむすばれてゆく。この短い片歌の中に思いの変遷が綴られて、読む人の心にまで沁みとおってゆく作品です。願いがやがて明日へ希望につながるような、たしかな足取りさえ浮かんでくる、とても力強い作品でした。

Sakaori Renga Awards

アルテア部門　大賞
文部科学大臣賞

山本ひかり　静岡県

十字路で迷子になったちいさな羊

葉桜の木漏れ日揺れてみんなも揺れた

選評

「迷子の羊」の行末を見守るような気持ちで臨んだ選考で、大賞の「葉桜の木漏れ日揺れてみんなも揺れた」は、迷路の向こうに急に季節の風が吹き抜けたような鮮やかさがありました。

葉桜の季節、桜の枝と一緒に揺れる光の透明な輝きに、「みんな」の言葉がさらに呼応します。たったひとり、心細い気持ちでいるのだろうと思った羊の姿に重なる「みんな」にいろんな可能性が広がり、その後に続く「揺れ」にさえ、私には未来が感じられるようでした。迷路の迷いを吹き飛ばす力に満ちた、力強く、美しい歌です。

入選

中澤明子　東京都

百年を考えている夏目漱石

百年の孤独にひたるガルシア－マルケス

入選

吉田健一　福島県

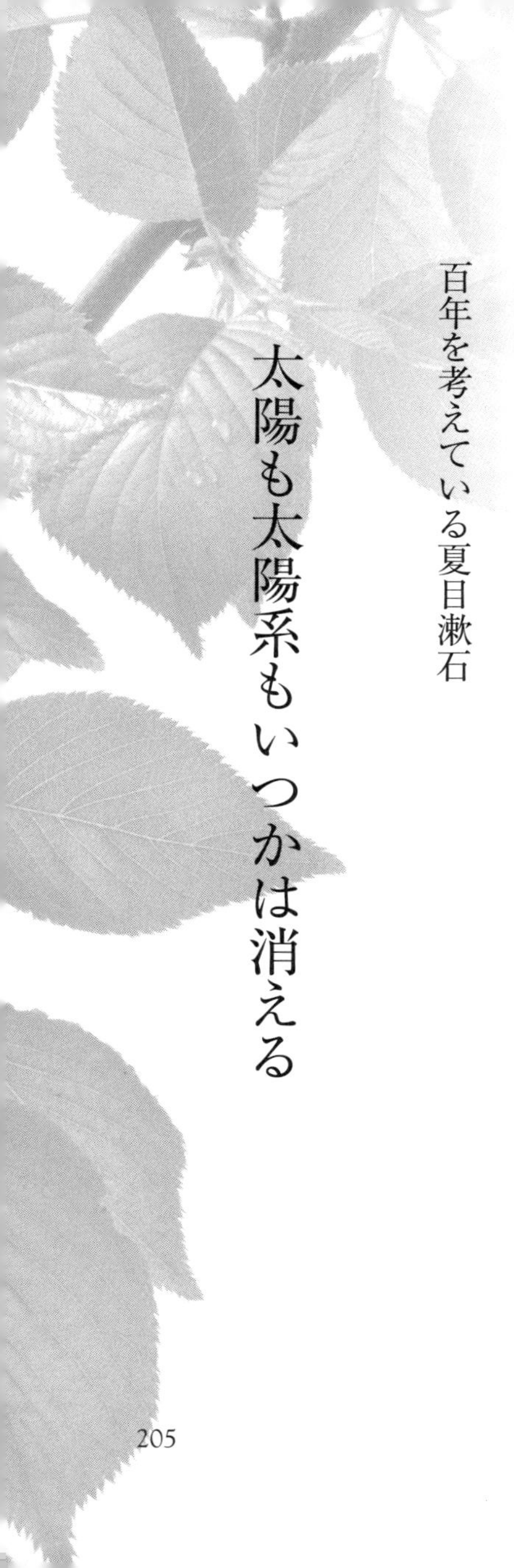

百年を考えている夏目漱石
太陽も太陽系もいつかは消える

入選

道願正美　高知県

百年を考えている夏目漱石

どんな世も生き抜いてこそ生ききってこそ

入選

金子歩美　群馬県

百年を考えている夏目漱石
大丈夫やまとことばは残りつづける

入選

奥村邦子　愛知県

手を洗う水に季節の移ろいを知る

村中が素焼のように麦の秋晴

入選

小山春佳　鳥取県

手を洗う水に季節の移ろいを知る
来年は都会の水で知るのだろうか

入選

小澤遥輝　山梨県

十字路で迷子になったちいさな羊
一匹二匹ねむれぬ人の夢の中へと

入選

杉村有紀　静岡県

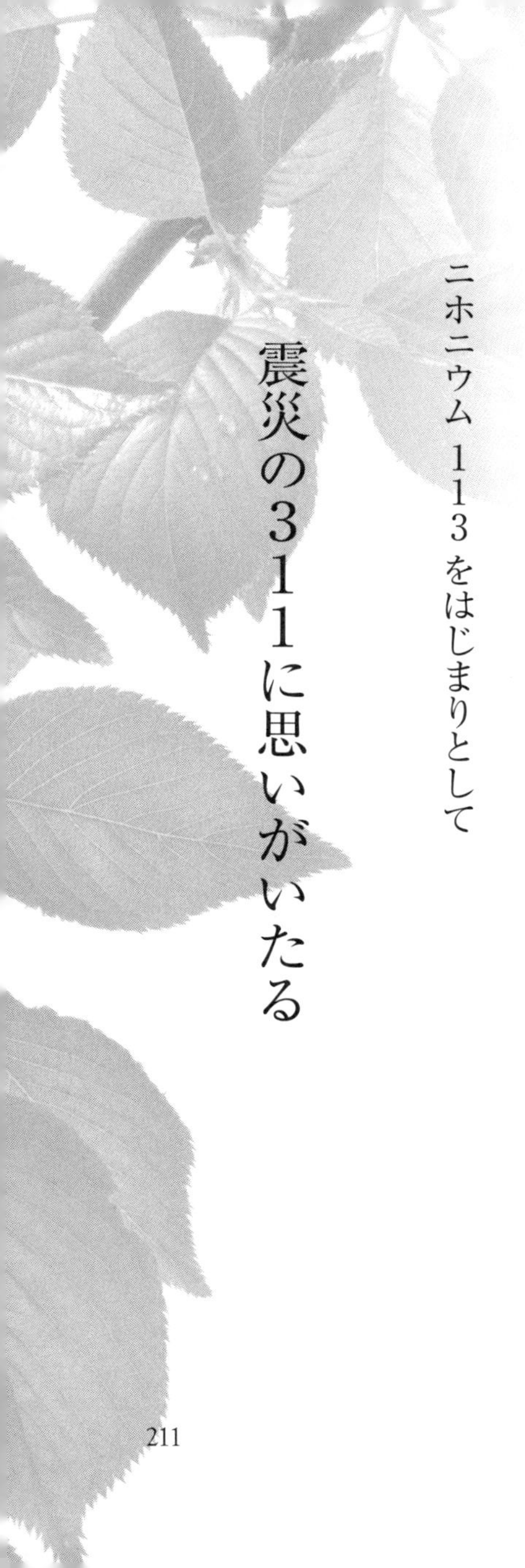

ニホニウム１１３をはじまりとして
震災の３１１に思いがいたる

入選

山崎愛二郎　岡山県

ニホニウム　１１３をはじまりとして

蜻蛉のもののあはれを理科系も知る

入選

荒井千代子　新潟県

ニホニウム113をはじまりとして

図書館でカンブリア紀の欠片を拾う

アルテア部門　佳作

山本真琳　山梨県

百年を考えている夏目漱石
あなたへのアポロ計画執筆中です

アルテア部門　佳作

西山侑希　山梨県

百年を考えている夏目漱石
シナプスじゃ伝えられないＫの心は

アルテア部門　佳作

土肥あおい　山梨県

百年を考えている夏目漱石

日めくりに一喜一憂十六の夏

アルテア部門　佳作

桐山愛加　山梨県

百年を考えている夏目漱石

本の中一枚めくるぼうけんの地図

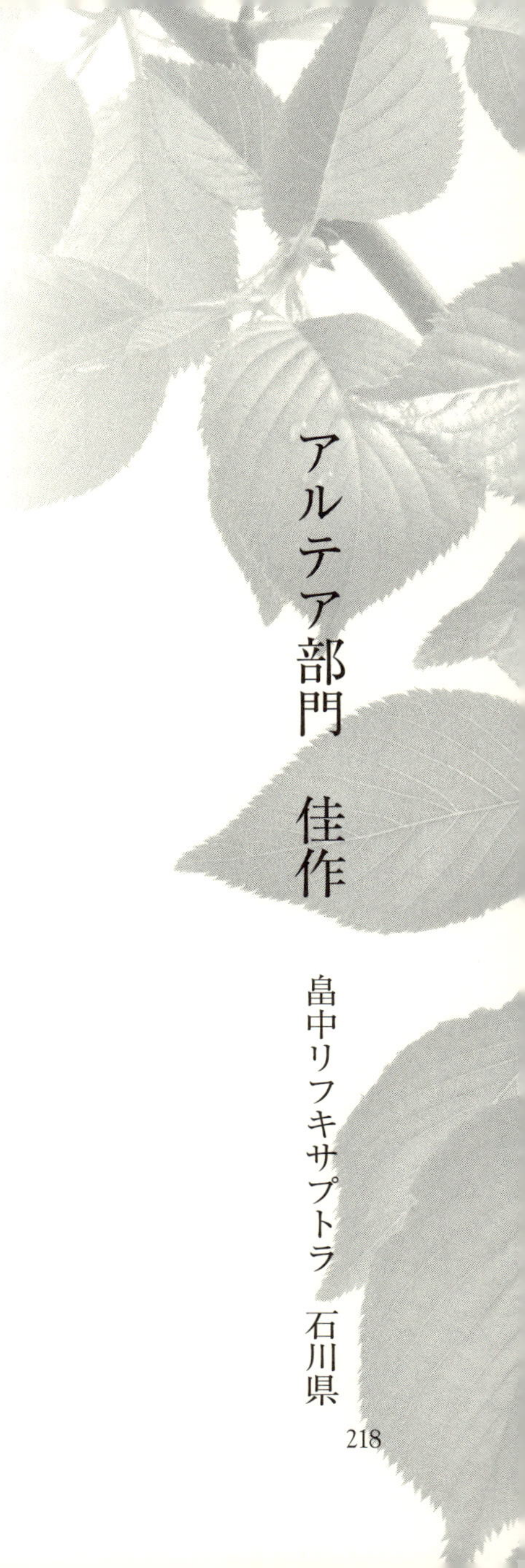

アルテア部門　佳作

畠中リフキサプトラ　石川県

森へ入る儀式のように小声でうたう
吸う息も吐く息もまたうすきみどりに

アルテア部門　佳作

森田亜実　岡山県

森へ入る儀式のように小声でうたう
あれれれなんだか眠いなうとうとぱたり

アルテア部門　佳作

小杉真矢　埼玉県

森へ入る儀式のように小声でうたう
大人へと近づく僕の心臓の音

アルテア部門　佳作

河村莉子　山梨県

森へ入る儀式のように小声でうたう
大丈夫面接前の私のつぶやき

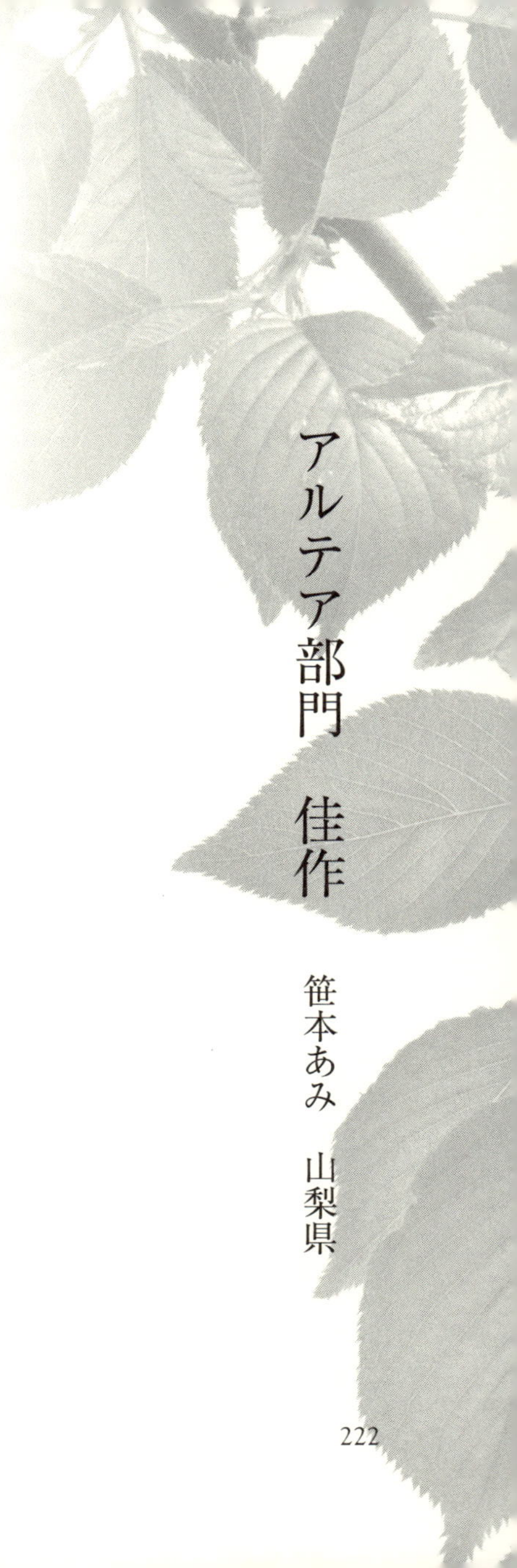

アルテア部門　佳作

笹本あみ　山梨県

手を洗う水に季節の移ろいを知る

今年こそかじかんだ手に勝負えんぴつ

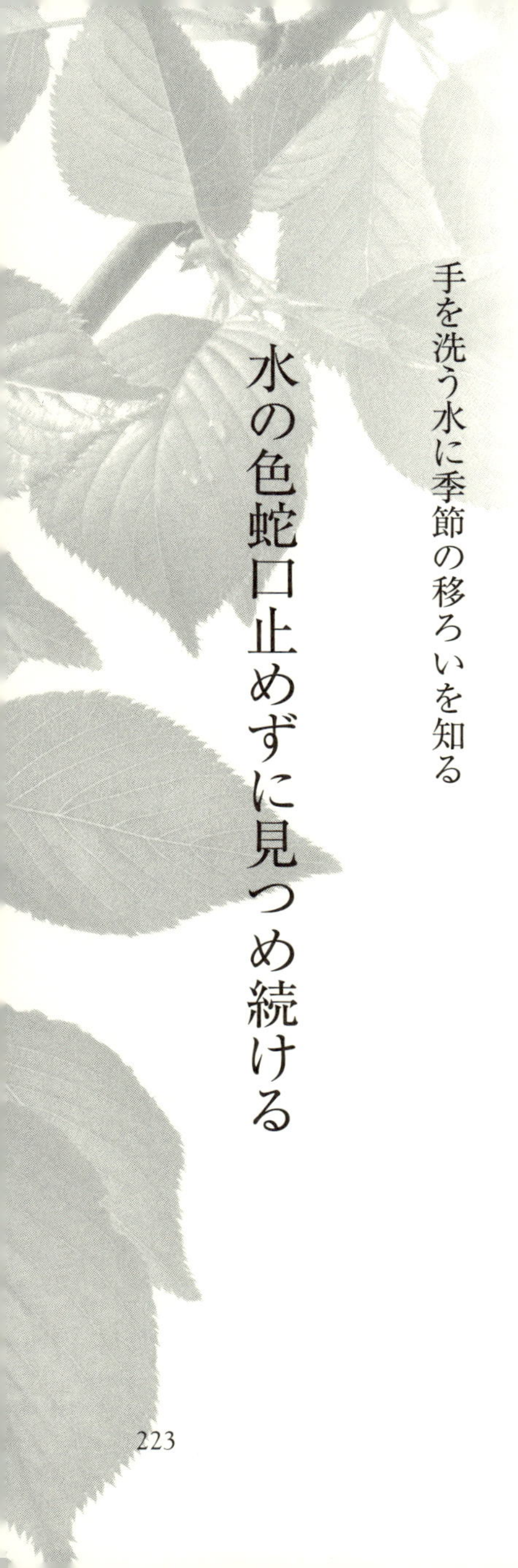

アルテア部門　佳作

矢部貴大　広島県

手を洗う水に季節の移ろいを知る

水の色蛇口止めずに見つめ続ける

アルテア部門　佳作

田中良輝　山梨県

手を洗う水に季節の移ろいを知る
川べりの花も草木も渡る風にも

アルテア部門　佳作

小林莉子　山梨県

森へ入る儀式のように小声でうたう

静寂の中にわたしの声だけ響く

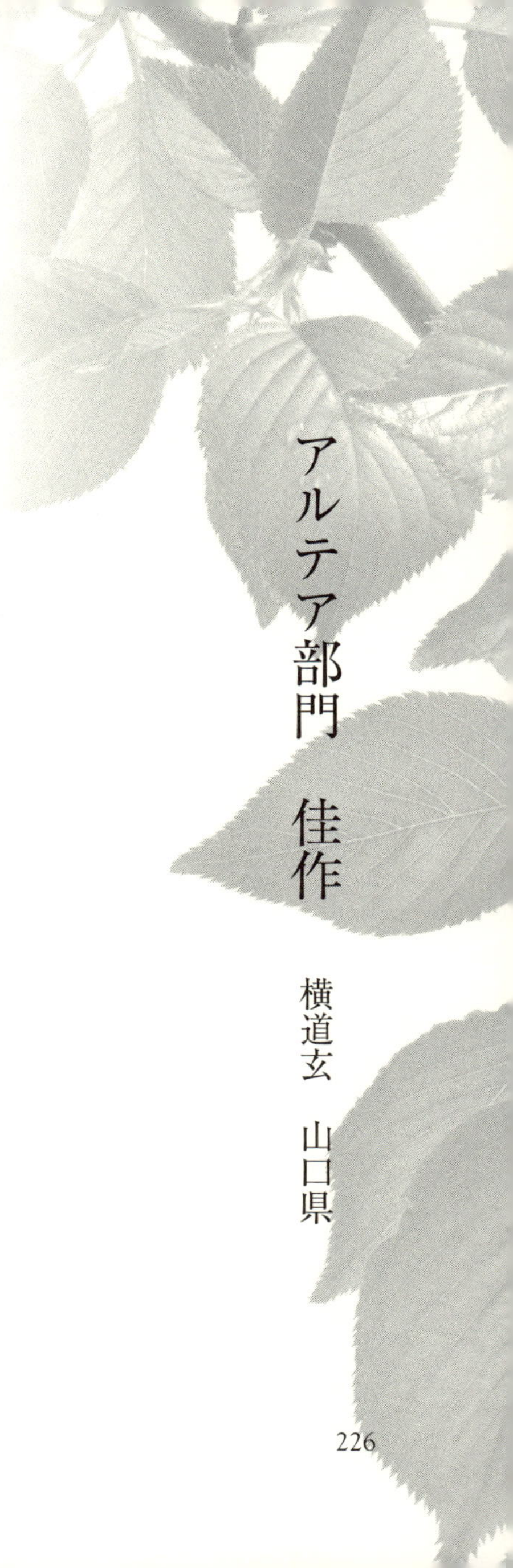

アルテア部門　佳作

横道玄　山口県

十字路で迷子になったちいさな羊
みぎひだりくもとじゃんけんしてきめるんだ

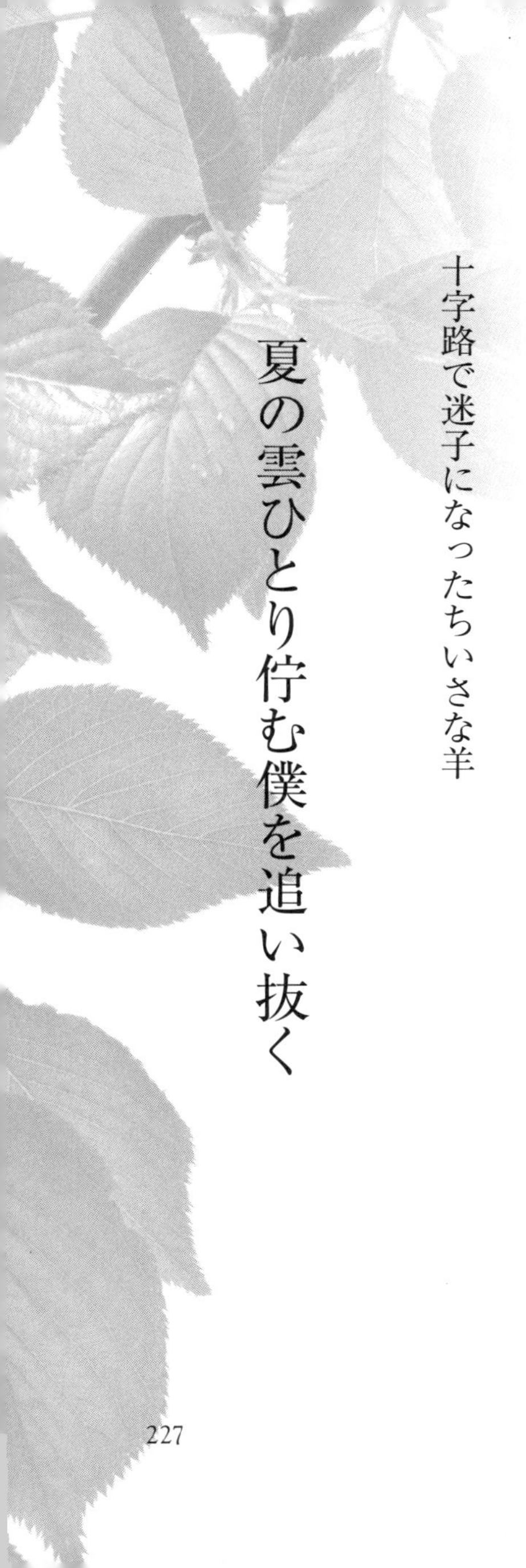

アルテア部門　佳作

黒川ももか　山梨県

十字路で迷子になったちいさな羊
夏の雲ひとり佇む僕を追い抜く

アルテア部門　佳作

西川結菜　愛媛県

十字路で迷子になったちいさな羊
そのうたはあなた一人の特別なうた

アルテア部門　佳作

三邉志昂　千葉県

ニホニウム113をはじまりとして

文明の違ったとびら開けたらしめろ

アルテア部門　佳作

内藤颯咲　山梨県

ニホニウム113をはじまりとして
かのうせいうんじゃないんだしんじる力

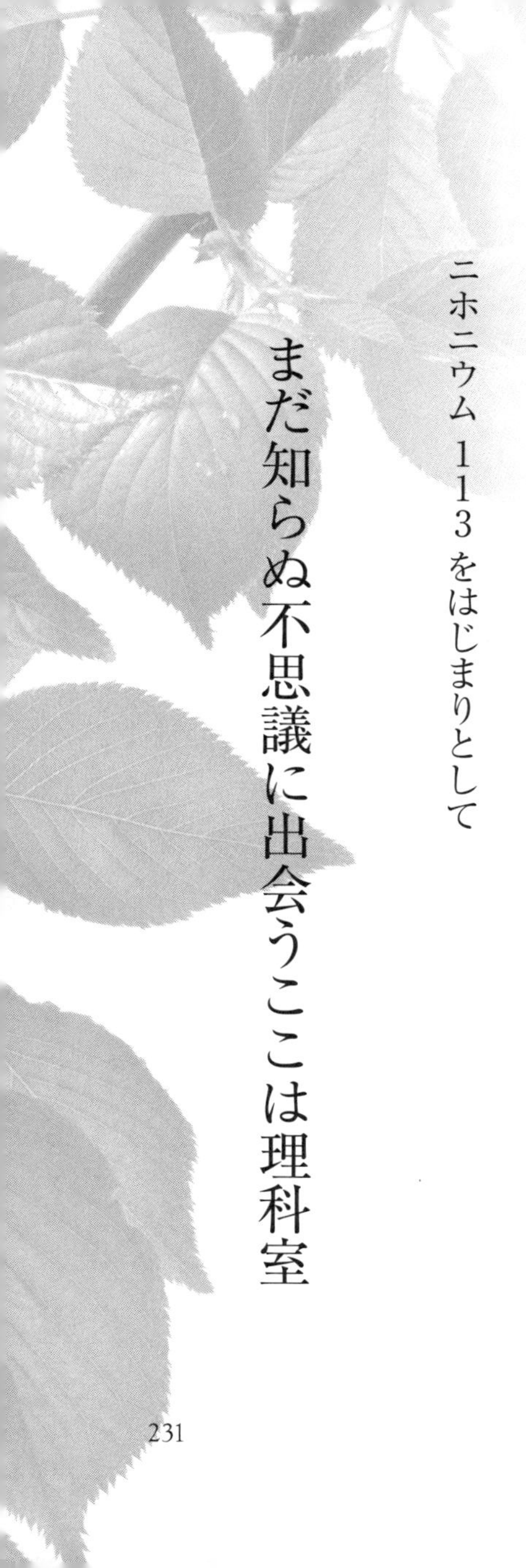

アルテア部門　佳作

中村美晴　静岡県

ニホニウム113をはじまりとして
まだ知らぬ不思議に出会うここは理科室

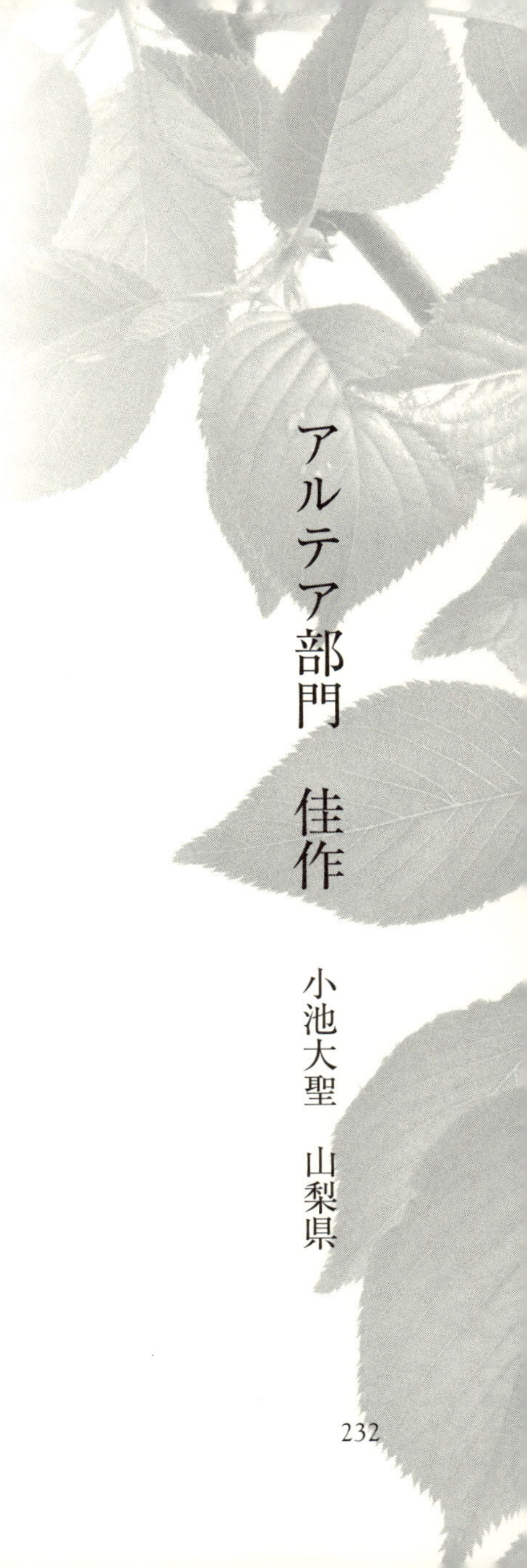

アルテア部門　佳作

小池大聖　山梨県

ニホニウム　113をはじまりとして
周期表だんだんうまる僕の未来図

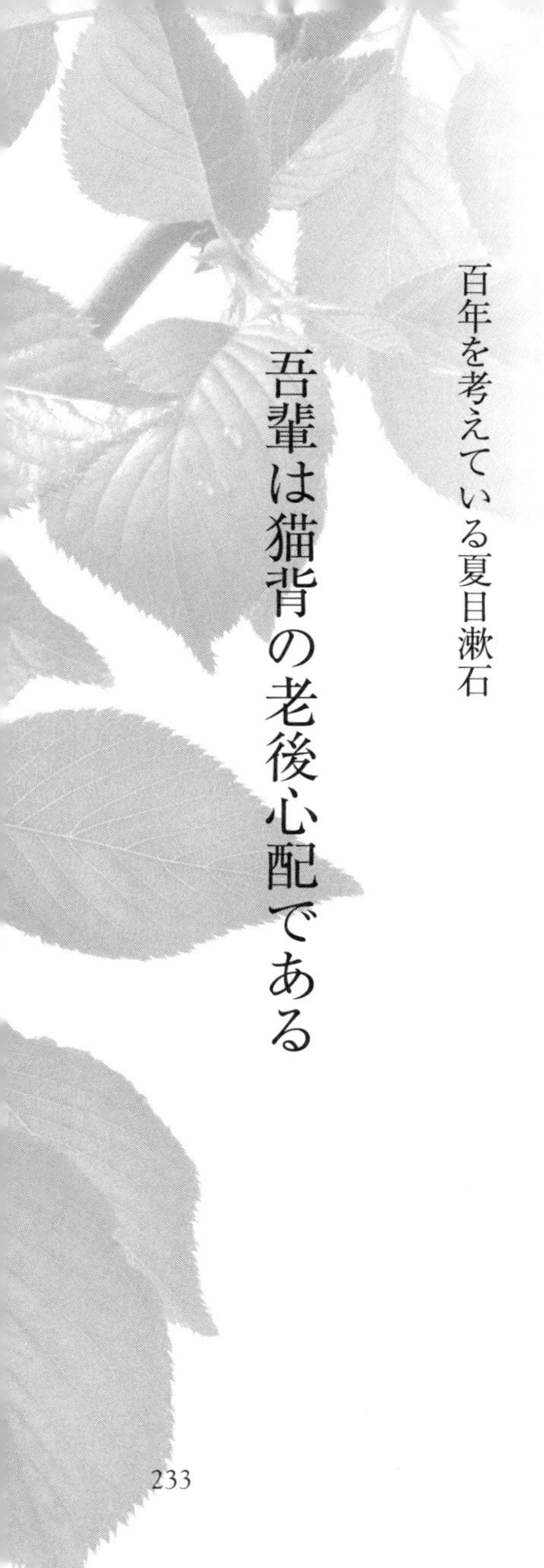

優秀賞

渡辺くるみ　山梨県

百年を考えている夏目漱石

吾輩は猫背の老後心配である

優秀賞

三神敬子　山梨県

百年を考えている夏目漱石

いやだなあアンドロイドで講義だなんて

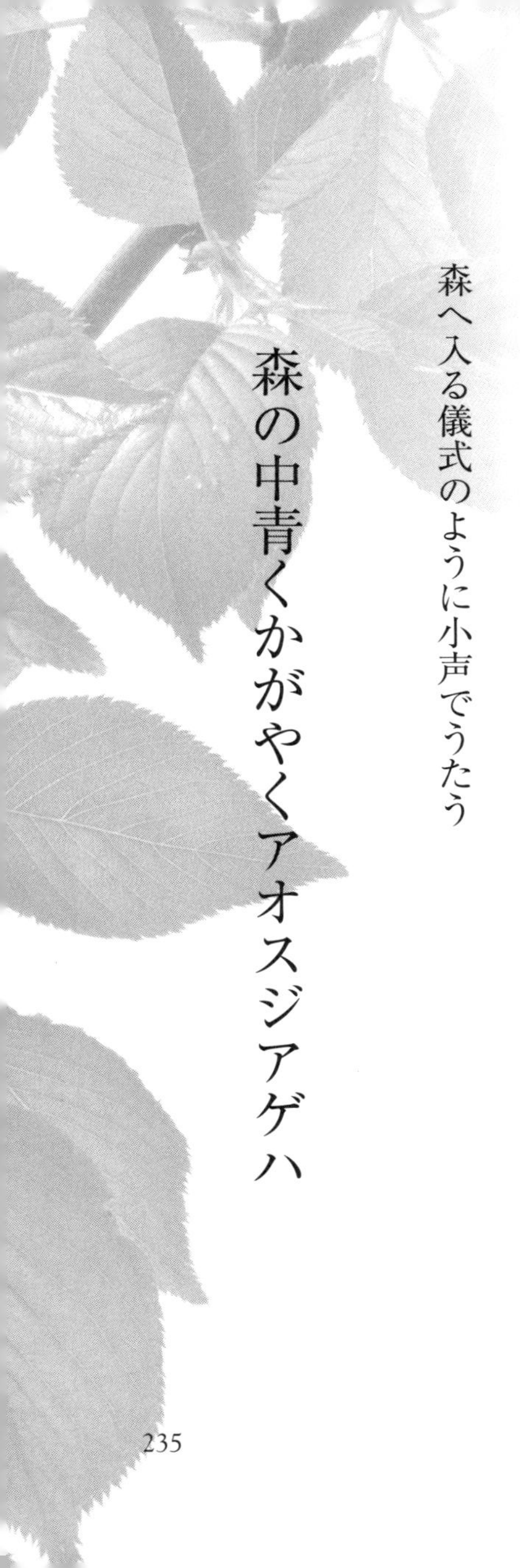

優秀賞

名取彩香　山梨県

森へ入る儀式のように小声でうたう
森の中青くかがやくアオスジアゲハ

優秀賞

伊東真　千葉県

森へ入る儀式のように小声でうたう

軒の下ひとり豪雨のあとの虹待つ

優秀賞

矢野優理恵　高知県

手を洗う水に季節の移ろいを知る
何回も蛇口ひねったインカレの朝

優秀賞

岩本梨沙　大分県

手を洗う水に季節の移ろいを知る

空の青そこに季節の色が足される

優秀賞

小金奈緒美　埼玉県

十字路で迷子になったちいさな羊
ぼくだけの地平線にはぼくだけの空

優秀賞

北村純一　神奈川県

十字路で迷子になったちいさな羊

大丈夫ここから先は風が知ってる

優秀賞

幡野秀斗　山梨県

十字路で迷子になったちいさな羊
急がねば黒ヤギ宛ての手紙片手に

優秀賞

内田誠　千葉県

ニホニウム１１３をはじまりとして

周期表空き家にうまく住人が来て

優秀賞

小澤夏姫　山梨県

ニホニウム113をはじまりとして

受験までラストスパート114日

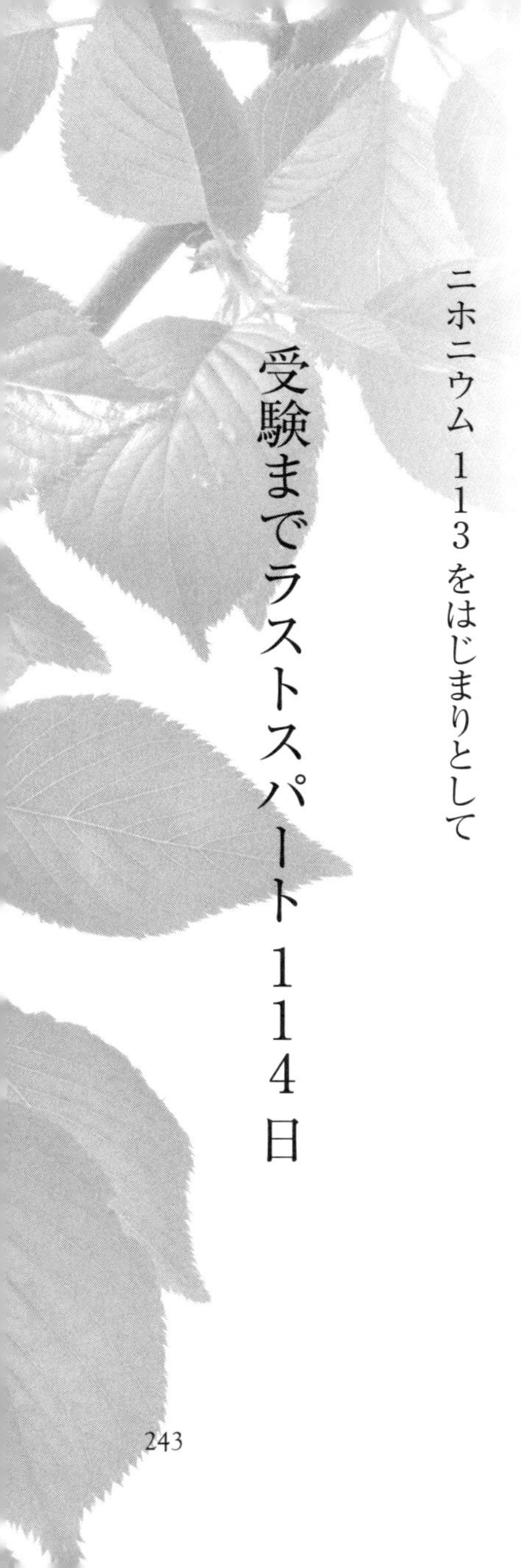

優秀賞

井上湧太　埼玉県

ニホニウム　１１３をはじまりとして
重かった歯車が少し動いた気がする

「百年を考えている夏目漱石」

知と情が両天秤に浮き沈みする　太田省三　大阪府

玄関の回覧板が雨に濡れてた　田中絢子　愛知県

恋すれば百年千年一瞬のことと　大木きらら　山梨県

赤シャツも野だいこも居る現代日本　伊藤拓　東京都

外は晴れ正岡子規が野球に誘う　渡邉友姫　山梨県

目の前の一歩を探す十七の夏　島田陽人　山梨県

書きかけの感想文が風に舞ってる　稲葉智子　東京都

優良賞

ＡＩは愛と言う名のはかなき魔物　小野史　東京都

明暗を分けた日本のそれからのこと　植松孝悦　東京都

『草枕』借りる生徒にそっと微笑む　内村佳保　東京都

松山で汽笛を鳴らす坊っちゃん列車　髙山光輝　山梨県

「森へ入る儀式のように小声でうたう」

空耳か遠くで吠えるニホンオオカミ　鈴木正一　三重県

動物に人がいること知らせるために　福嶋龍也　山梨県

プレゼントいつ渡そうかな今日は母の日　渡邉志優　北海道

カラオケがないんですけど田舎の町は　廣瀬文比古　山梨県

助動詞の活用をまだ覚えられない　笹本あみ　山梨県

その声で熊が起きたら春の訪れ　波木井渓斗　山梨県

「イマジン」の英語の歌詞をとぎれとぎれに　岩間敏雄　山梨県

その昔小鳥であった祖先とうたう　岩谷隆司　三重県

熊避けのリュックの鈴を大きく揺らし　近藤妙子　山梨県

「お逃げなさい」そんなに優しい熊いるのかな　阿竹花菜女　山梨県

ノリノリで指揮者はたぬき伴奏きつね　市川凜　山梨県

優良賞

制服とコンタクト付け戦闘モード　飯野二千華　山梨県

君だけに届いてほしい黄昏の刻　小池冬乃　長野県

葱刻む多くを捨てた妻の横顔　菅伸明　愛媛県

「手を洗う水に季節の移ろいを知る」

夏の逢い冬の別れを指が知ってる　岩野由佑　石川県

サリサリと米研ぐ音も高くなりたり　坂本千津子　山梨県

栃の実のコロンと落ちて我が夏もゆく　望月泰臣　山梨県

行ったきり未だ返らない往復葉書　野田美和子　愛知県

この場所で手を洗うのも今年で最後　朝比奈里穂　山梨県

やわらかな色の半えり母に贈ろう　佐藤美弥子　福島県

引き出しに昔住んでたアパートの鍵　角森玲子　島根県

いつの日かカーネーションをもらう日の来る　家城良枝　富山県

ついにきた勝負の日だよ全国駅伝　米原千尋　山梨県

H2O自由自在に地球をめぐる　加藤菜摘　静岡県

水温む恵みも待たず妻は逝きたり　雨宮弘　山梨県

「十字路で迷子になったちいさな羊」

優良賞

どの道を行っても君の人生となる　小泉春菜　愛媛県

空を見て雲が流れるそっちが未来　阿部圭吾　千葉県

その羊私の中をさまよっている　豊島七菜　東京都

T字路のエラトステネス　L字路の犬　田代蒼流　山梨県

あの雲もストレイシープと呟いてみる　西中眞二郎　東京都

立ち止まり引き返すのもひとつの道だ　仲山朝陽　山梨県

思い出す幼きころにつないだ手と手　吉田乙葉　秋田県

「ニホニウム113をはじめとして」

恋さえも化学で語るあなたが好きよ　松永智文　愛知県

猫は言う今になっても名はまだないと　小林夏基　山梨県

ナトリウム11でもうつまずく化学　尾野熙岳　北海道

ここにいる私のことも早く見つけて　関口紗椰　山梨県

新聞をそっとたたんで空を見上げる　早川推子　大阪府

人類の過去も未来も手の中にある　今西若世　群馬県

周期表より退屈なわたくしの日々　西田克憲　神奈川県

正確に三時間ごと泣く新生児　宮まり　千葉県

優良賞

百年後常識になる今のドキドキ　川添さとみ　福岡県

また一つ試験のために暗記している　横内進一郎　山梨県

羊水の記憶は太古の海につながる　三井輝久　山梨県

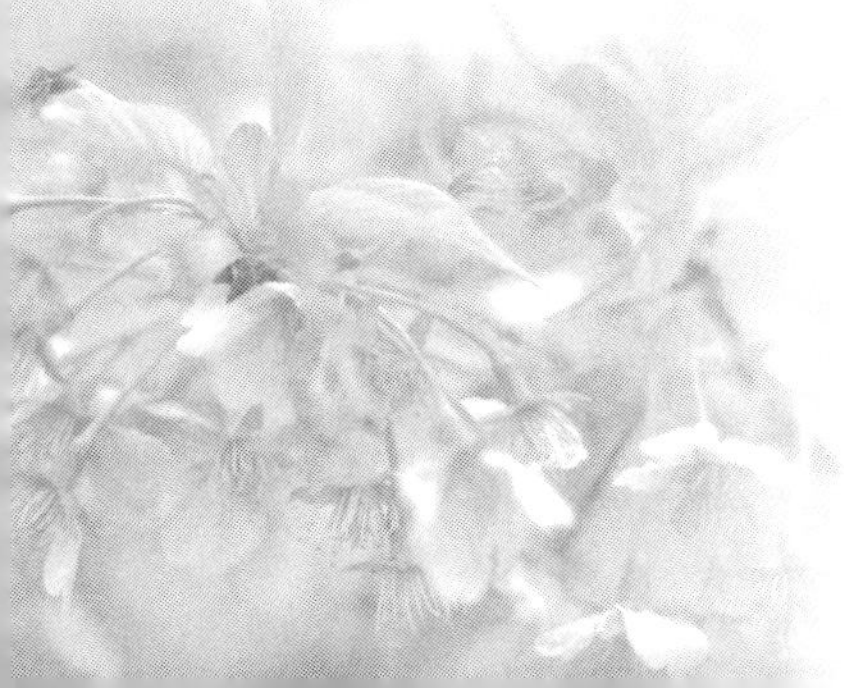
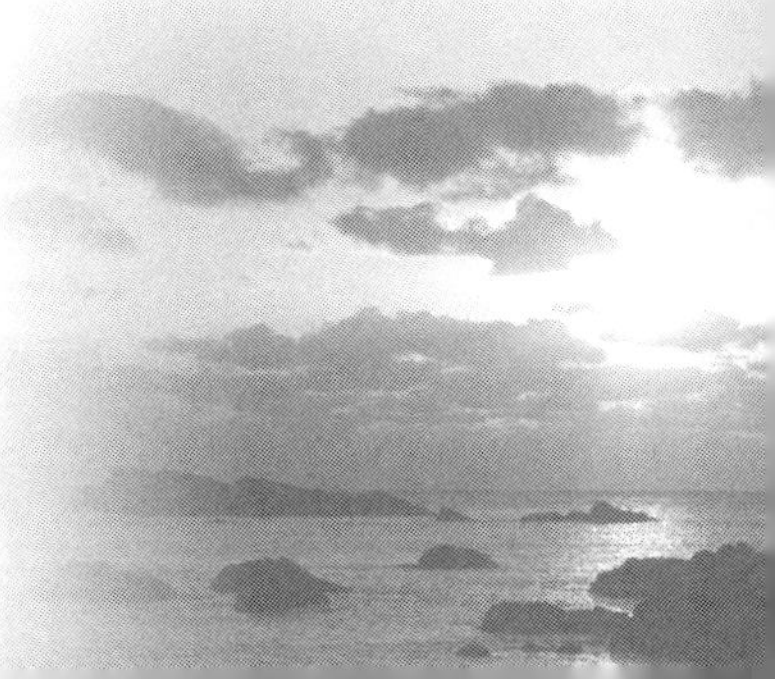

第二十回酒折連歌賞百選

Sakaori Renga Awards

大賞
文部科学大臣賞

村岡純子　神奈川県

コーヒーか紅茶それとも海を見にゆく?

三択があればよかったハムレットにも

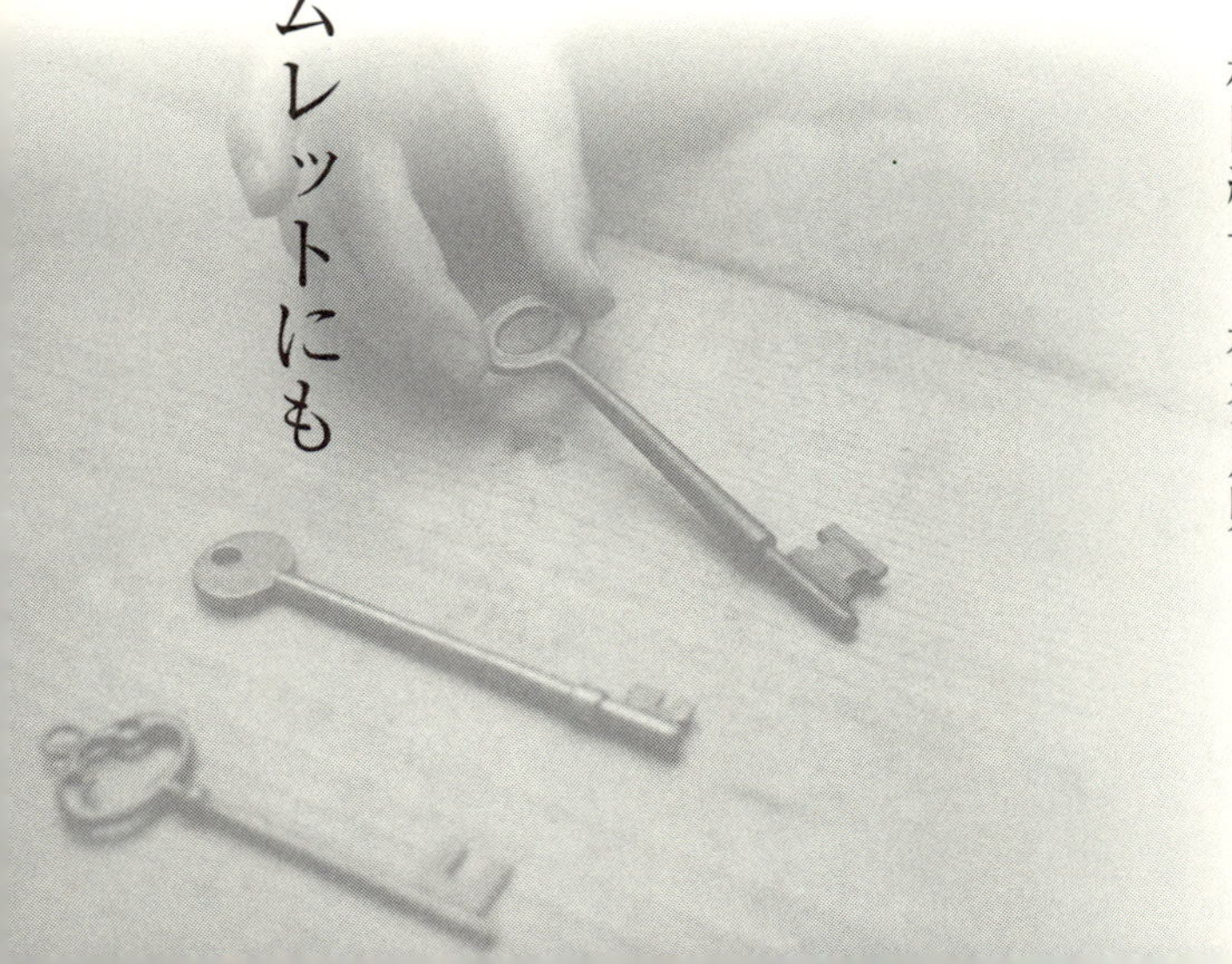

選評

問いの片歌を投げかける作者はさまざまな答を想定するものですが、村岡さんのこの答、私の中にはまったくありませんでした。「生きるか、死ぬか、それが問題だ」。名言の多い「ハムレット」の中でもとりわけ広く知られているこのセリフに「もう一択あれば」と返す。想定外で斬新、きわめて日常的な問いの片歌を人生の深淵に包んだ。少々オーバーですが、そう評価したくなるプランに脱帽です。

山梨県知事賞

板山優太　山梨県

晴れた日の買い物メモに単三電池

スーパーで買えればいいのに時間と未来

選評

今、わが身辺を見回すだけで、時計、電子辞書、ラジオ、旧式のテープレコーダーなど、電池で動いているいくつかの機器が目に入ります。そのほとんどが単三電池です。そんな日常を「問いの片歌」にしたのが「買い物メモ」でした。「スーパーで買えればいいのに」までその日常そのままなのですが、作者が買いたいのは「時間と未来」であることにドキリです。はなから売り買いするものではない、どんなお店にも売っていない形而上のものが「時間」であり「未来」です。それをさりげなく「買えればいいのに」とうそぶいたところが憎い「答え」でした。

Sakaori Renga Awards

山梨県教育委員会教育長賞

藤村悦郎　大阪府

まっすぐにまっすぐに降る雨を見ている

世に出るぞ山椒魚が誓いを立てる

選評

小説は、二年の間の成長の結果、頭がつかえて岩屋から出られなくなった山椒魚の狼狽と悲哀が中心ですが、藤村さんは窮地の山椒魚の決意に光を当てています。降りつづける雨を見ていれば、ふっとそんな志を立てる気にもなるはず、と積極姿勢でとらえたところが爽快です。ではどうやって？　なんてことは問わないのが詩の心でしょう。でなければ風刺も寓意もなりたちませんね。いきなり意思表明で始めた構造が、その押しの強さを支えていて際だっていました。

Sakaori Renga Awards

甲府市長賞

小金奈緒美　埼玉県

歩きだす洗いざらしのブルージーンズ

砂利道もでんでんむしは威風堂々

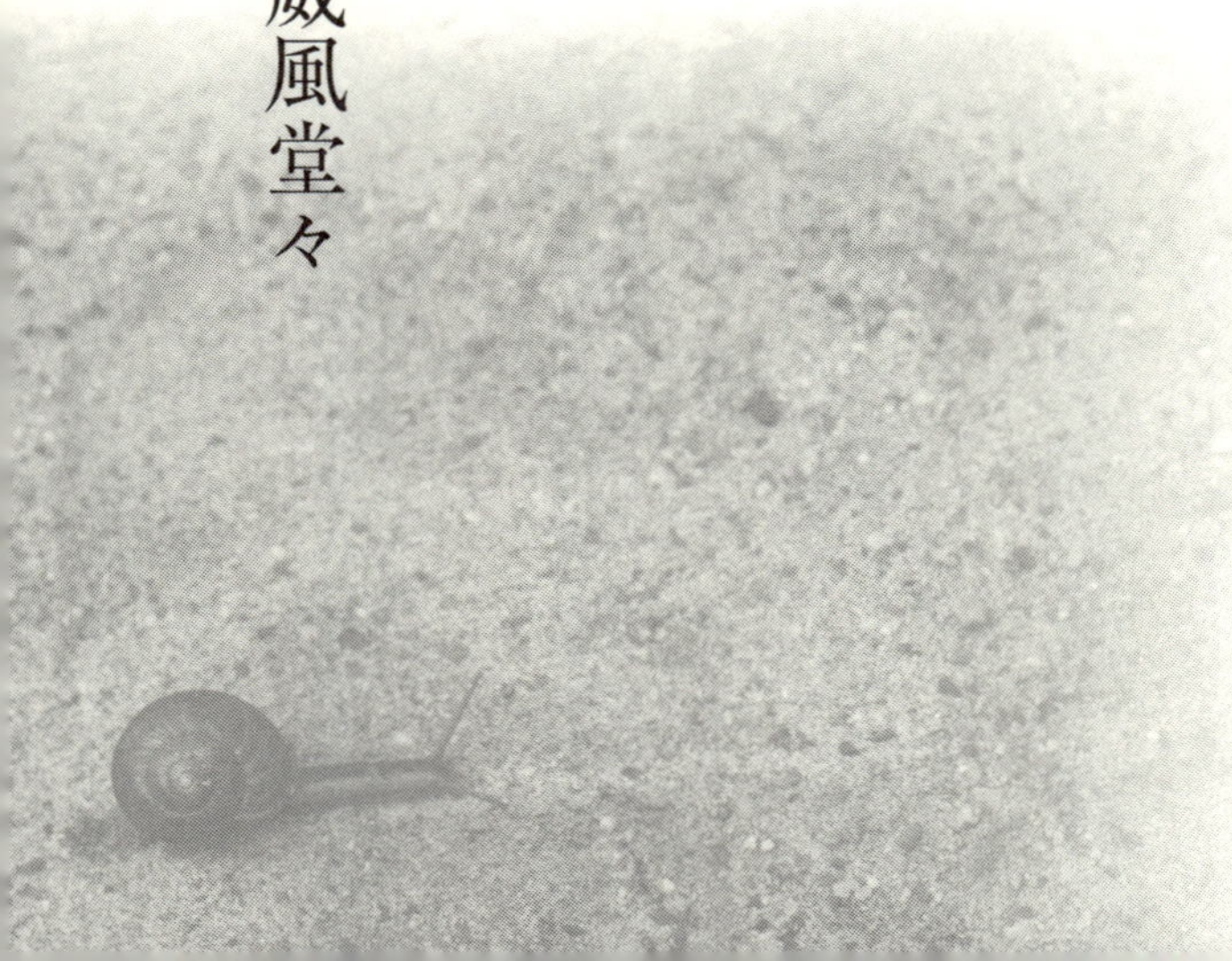

第二十回酒折連歌賞　甲府市長賞

選評

洗いざらしのブルージーンズをはいて歩きだすといえば、若々しい青年を思い浮かべるのが一般的な連想でしょう。小金奈緒美さんの答えは、その予想を裏切って歩きだす人をユーモラスに蝸牛に喩えています。誇りをもって砂利道をゆっくり進んでゆく蝸牛だというのです。この思いがけない発想が味わいです。エルガー作曲の行進曲「威風堂々」が流れてくるようです。問いの濁音のリズムにうながされるように、答えは、「ザ行」と「ダ行」の不器用な愚直さを思わせる連なりです。でんでん虫と親しみある呼び方が、愚直にゆっくり進む姿を思わせ効果的です。

Sakaori Renga Awards

アルテア部門　大賞
文部科学大臣賞

高木明日希　香川県

風の色記憶の中のあなたとあなた

エピソード枝を揺らして語り続ける

選評

いつかどこかで吹いていた風。記憶のなかに溶け込んだあなたを思い出すとき風はすこしだけ彩られているような。そんな問いかけを受けて答えの片歌は、樹木の記憶へと変換されて詠われていることにとても惹かれました。風のことをよく知っているのは、ほんとうはどこにも行くことのできない樹木たちなのかもしれない。枝の揺れに樹々の声を感じるアニミズム的な感性が新鮮でした。結句の「語り続ける」のなかに、はるか遠い時間が内包されていて、未来への記憶までもが表現された力強くてどこか優しい視線を感じる作品です。

問いに引き寄せられるようにして、皆さんそれぞれが自分の日常に感じている声を、そっとナイショ話のように教えてもらったような、楽しい選考でした。

特選

田中耕大　山梨県

晴れた日の買い物メモに単三電池

俺だって電池があれば動き出すのに

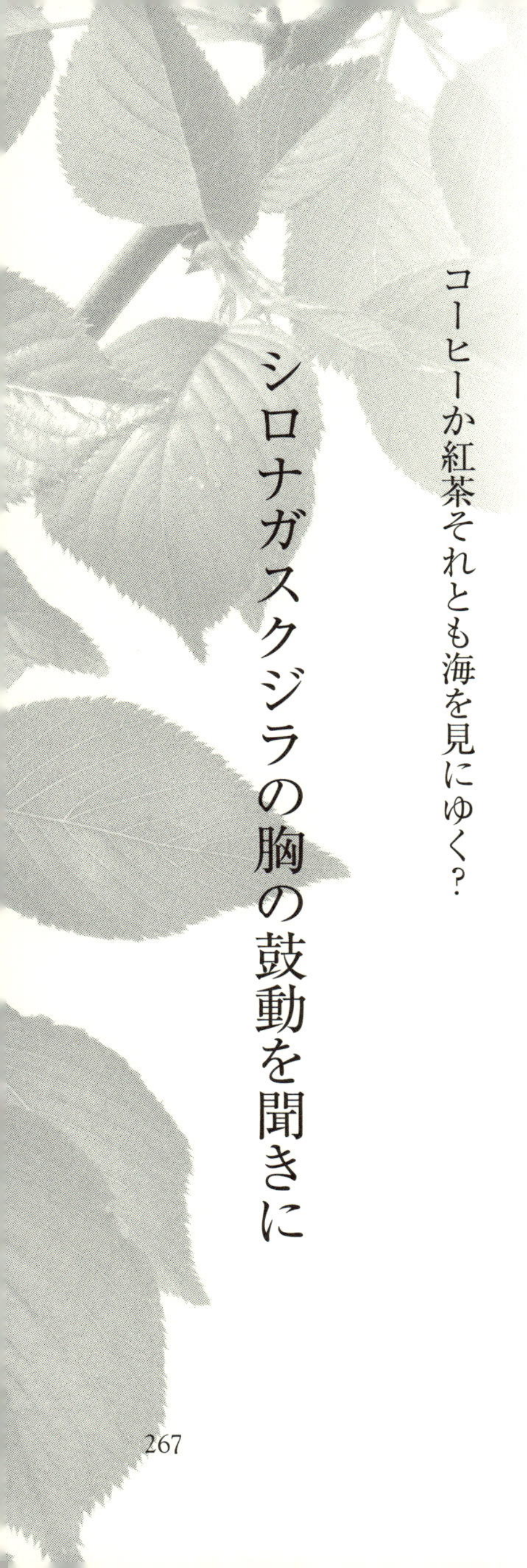

特選

堀卓　福島県

コーヒーか紅茶それとも海を見にゆく？
シロナガスクジラの胸の鼓動を聞きに

特選

才津紘大　山梨県

コーヒーか紅茶それとも海を見にゆく？
なぜ紅茶なんでコーヒーなんで海なの

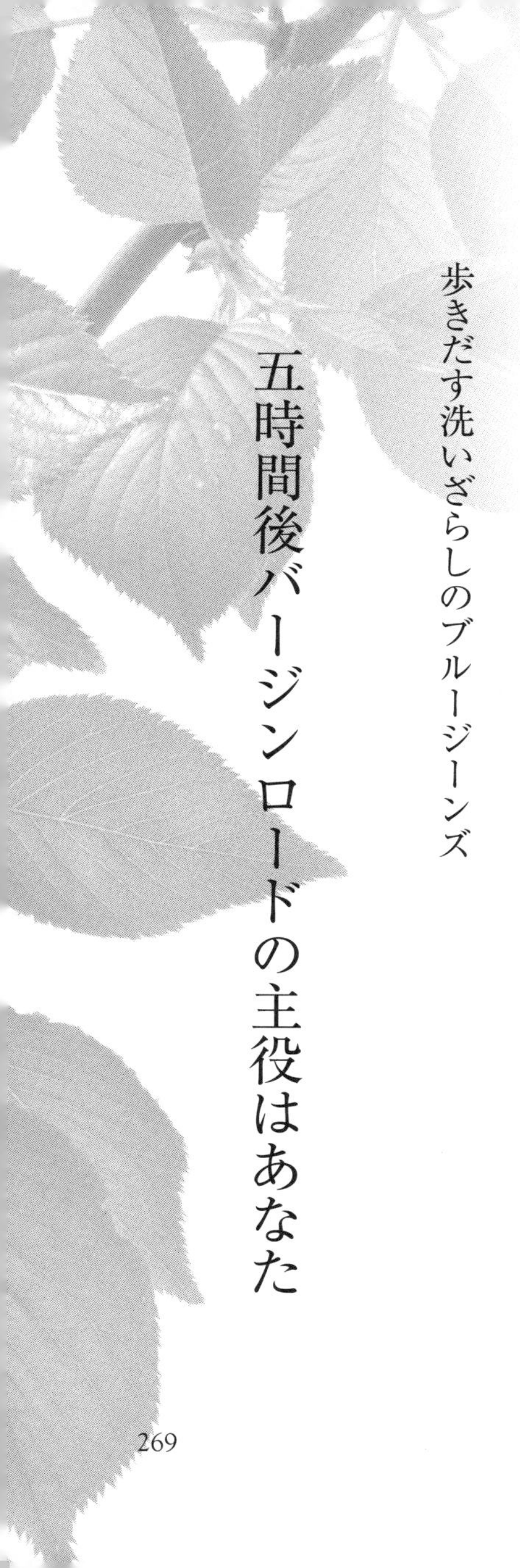

特選

高橋亨　青森県

歩きだす洗いざらしのブルージーンズ
五時間後バージンロードの主役はあなた

特選

天野翼　東京都

歩きだす洗いざらしのブルージーンズ
グーグルじゃ検索できない僕だけの道

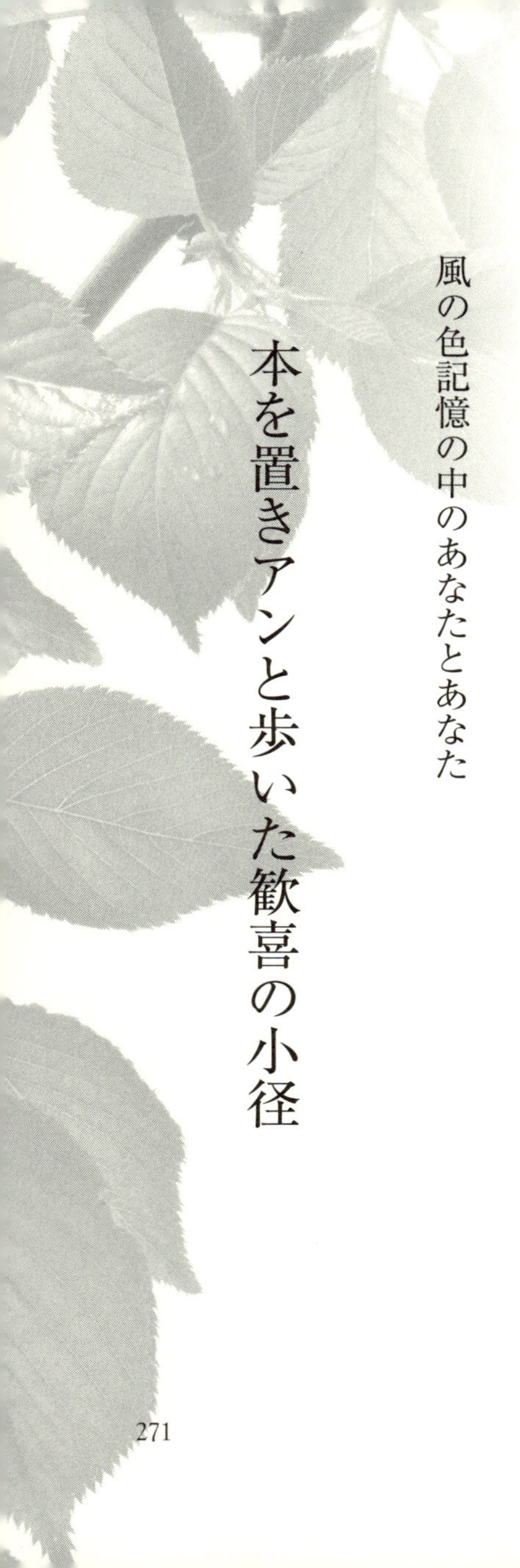

特選

岩間敏雄　山梨県

風の色記憶の中のあなたとあなた

本を置きアンと歩いた歓喜の小径

特選

西村東亜治　東京都

まっすぐにまっすぐに降る雨を見ている

あの石に穴が開くのは十万年後

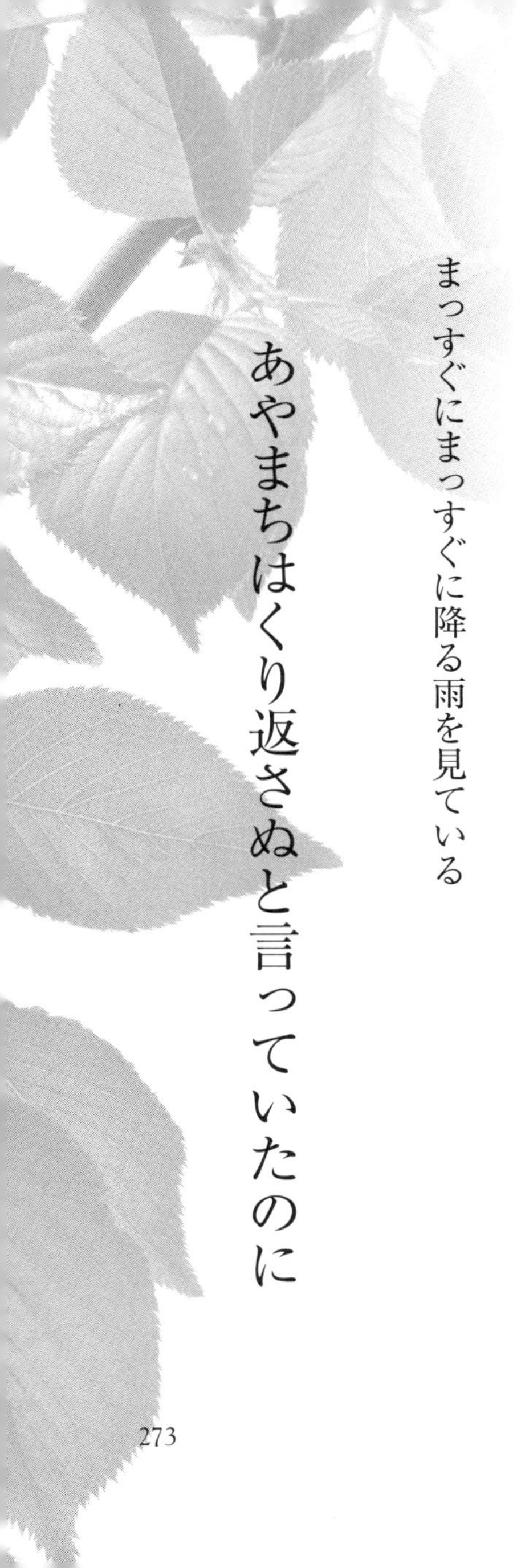

特選

熊谷純　広島県

まっすぐにまっすぐに降る雨を見ている
あやまちはくり返さぬと言っていたのに

特選

井寺仁美　神奈川県

まっすぐにまっすぐに降る雨を見ている
僕は多分君さえ居ればなんて言えない

特選

高幣美佐子　東京都

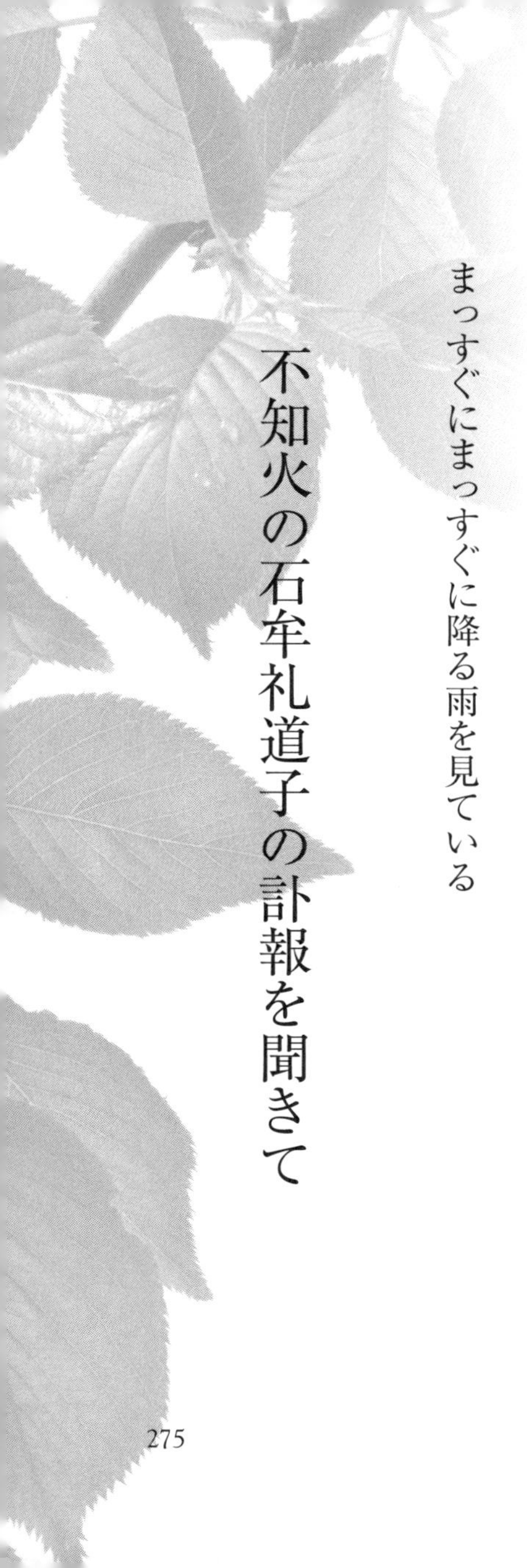

まっすぐにまっすぐに降る雨を見ている

不知火の石牟礼道子の訃報を聞きて

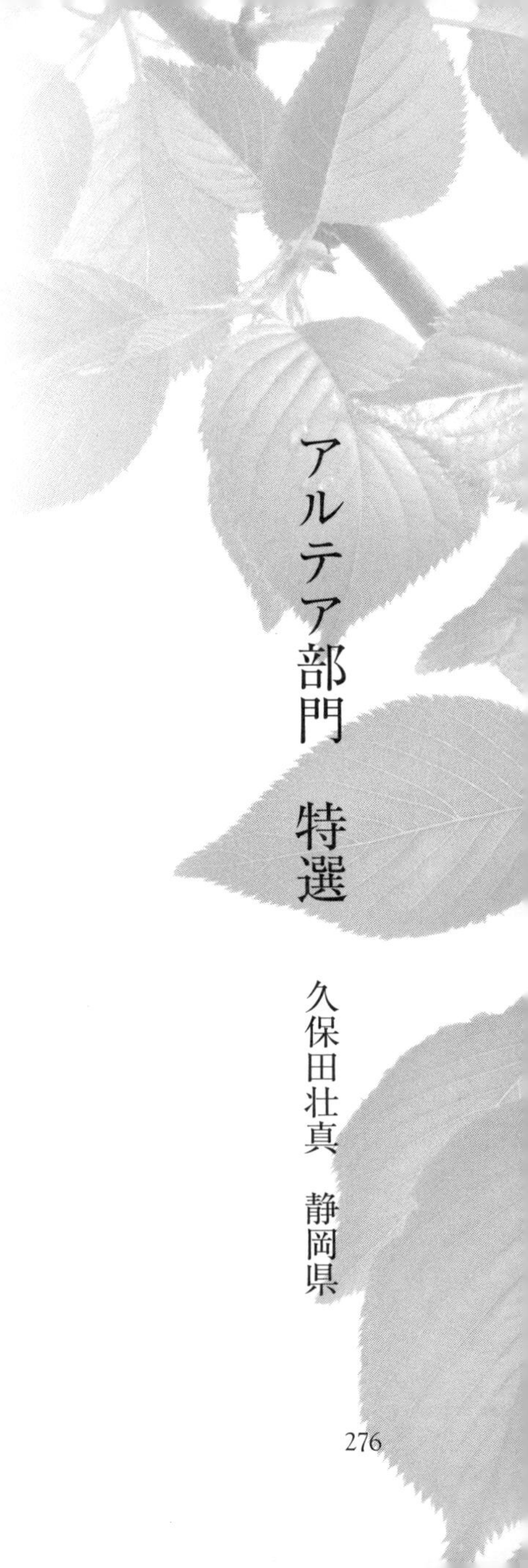

アルテア部門　特選

久保田壮真　静岡県

晴れた日の買い物メモに単三電池

まよなかにパパとクワガタとりにいくため

アルテア部門　特選

島村彩子　神奈川県

晴れた日の買い物メモに単三電池

手をのばし電池入れ替え星のアシスト

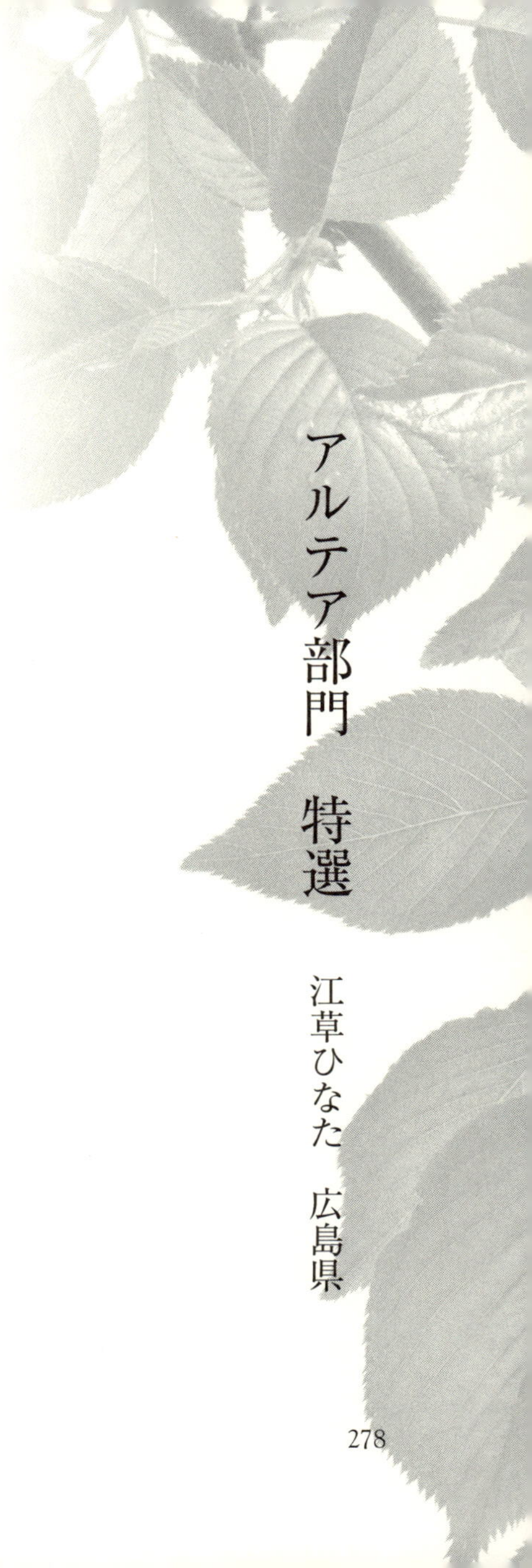

アルテア部門　特選

江草ひなた　広島県

晴れた日の買い物メモに単三電池
広島の豪雨のあとの備えのひとつ

アルテア部門　特選

横山翔　愛知県

晴れた日の買い物メモに単三電池
停止した時の流れも動くのかなと

アルテア部門　特選

高橋せな　静岡県

コーヒーか紅茶それとも海を見にゆく？
腰をあげ行くかとペダルに足かけた冬

アルテア部門　特選

高野理央　中華人民共和国

コーヒーか紅茶それとも海を見にゆく？

私だって第二ボタンをもらいたいよう

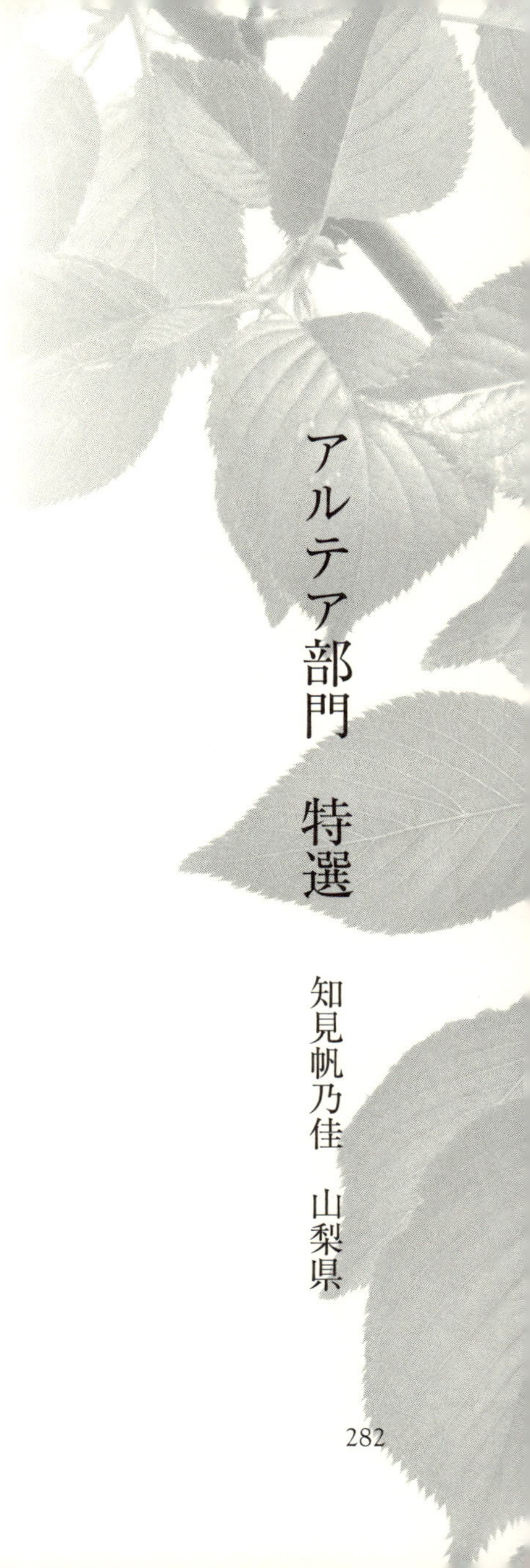

アルテア部門　特選

知見帆乃佳　山梨県

コーヒーか紅茶それとも海を見にゆく？

謝るの？許さないけど海を見せてよ

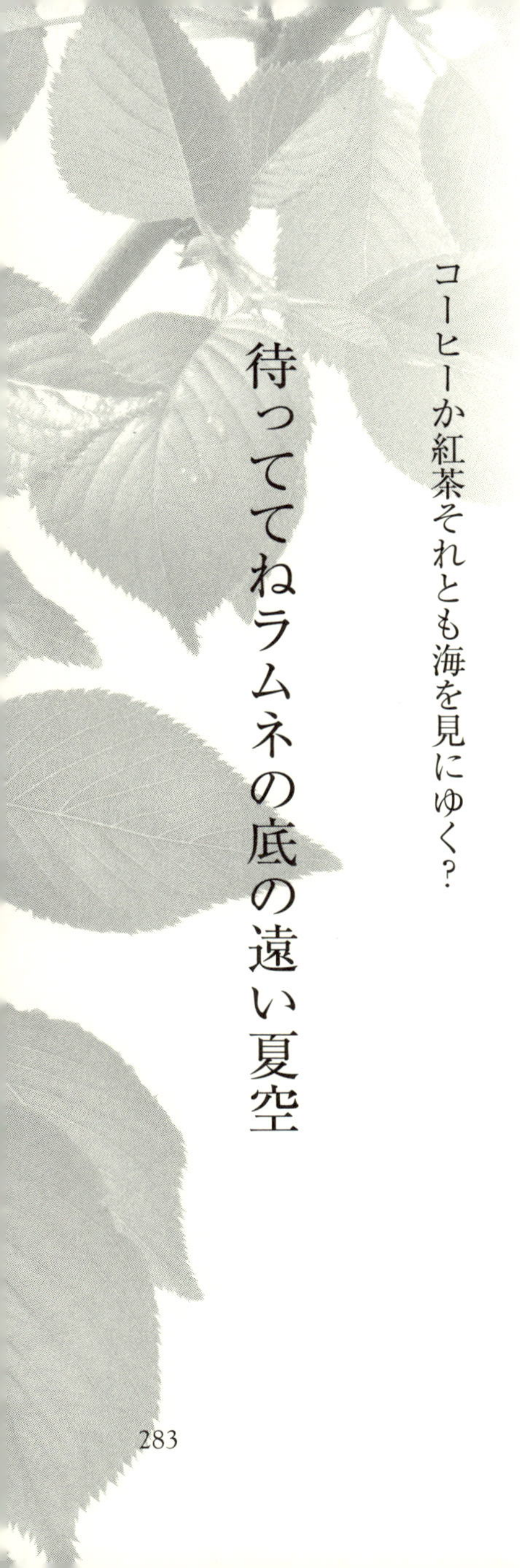

アルテア部門　特選

佐野舞奈　山梨県

コーヒーか紅茶それとも海を見にゆく？
待っててねラムネの底の遠い夏空

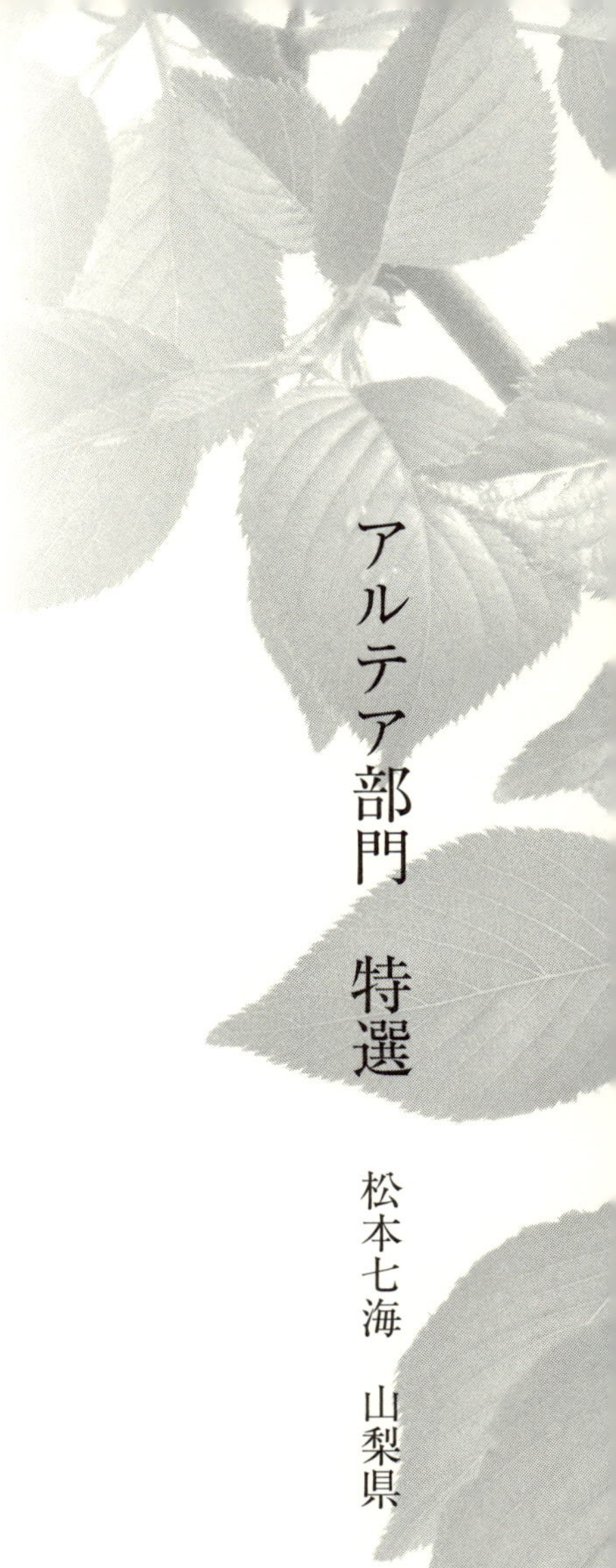

アルテア部門　特選

松本七海　山梨県

コーヒーか紅茶それとも海を見にゆく?

「七海」という私の海の広さを探す

アルテア部門　特選

草場リナ　茨城県

歩きだす洗いざらしのブルージーンズ
洗ってもほつれた裾に消えない記憶

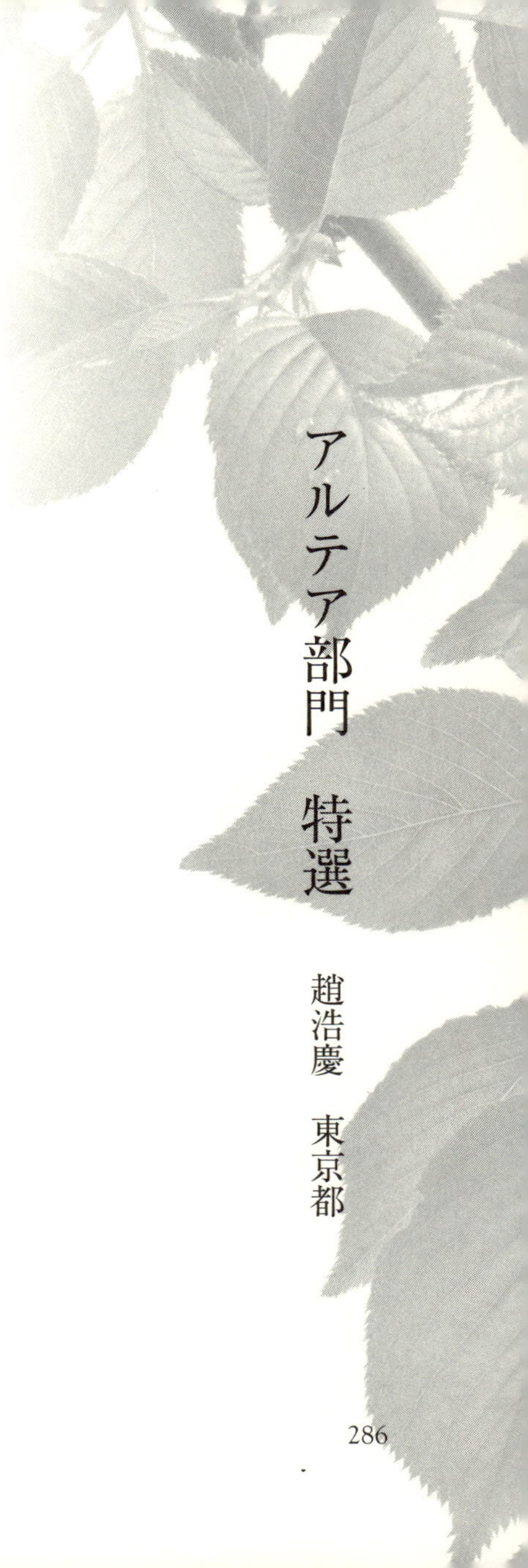

アルテア部門　特選

趙浩慶　東京都

歩きだす洗いざらしのブルージーンズ
くつひもの汚れたところに夏を見ている

アルテア部門　特選

岩下翼　山梨県

歩きだす洗いざらしのブルージーンズ
何回もぶつかりあって見つけたわたし

アルテア部門　特選

小林滉誠　埼玉県

風の色記憶の中のあなたとあなた

飛ぶ帽子去り行く影は僕を残して

アルテア部門　特選

千葉優月　山梨県

風の色記憶の中のあなたとあなた

ひまわりにピントをゆずる水色の君

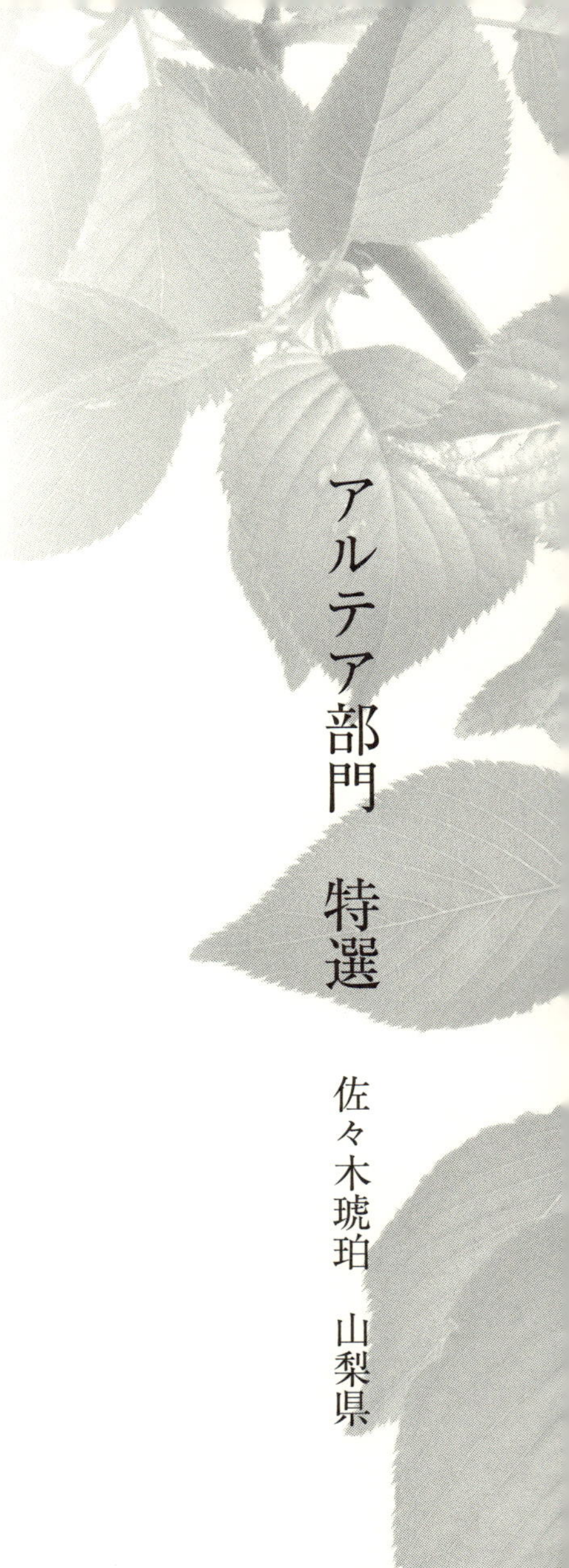

アルテア部門　特選

佐々木琥珀　山梨県

風の色記憶の中のあなたとあなた

まっしろのなにもない場所夢の内側

アルテア部門　特選

田中来実　山梨県

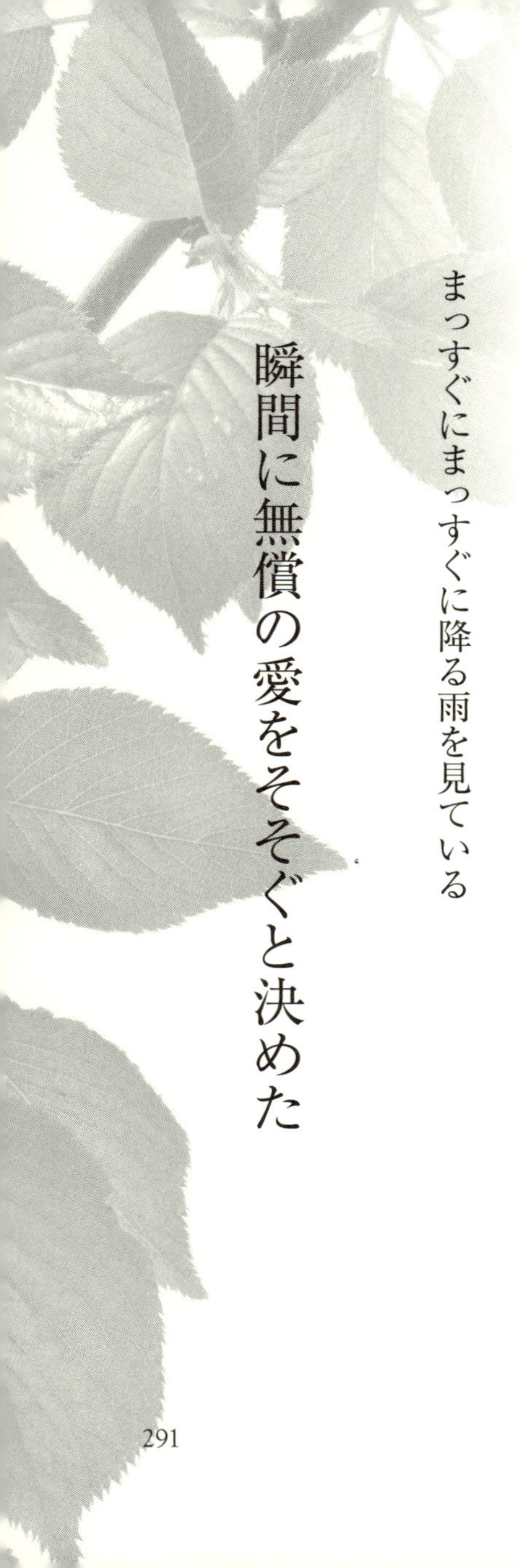

まっすぐにまっすぐに降る雨を見ている
瞬間に無償の愛をそそぐと決めた

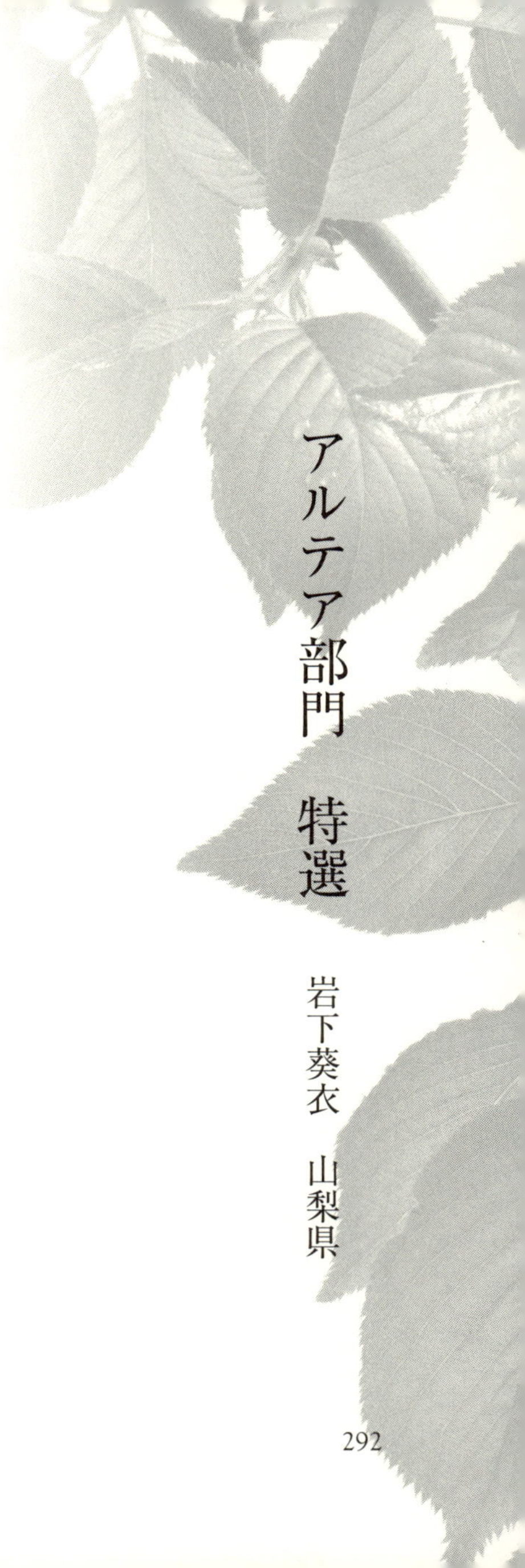

アルテア部門　特選

岩下葵衣　山梨県

まっすぐにまっすぐに降る雨を見ている
それくらい素直になればよかったのかな

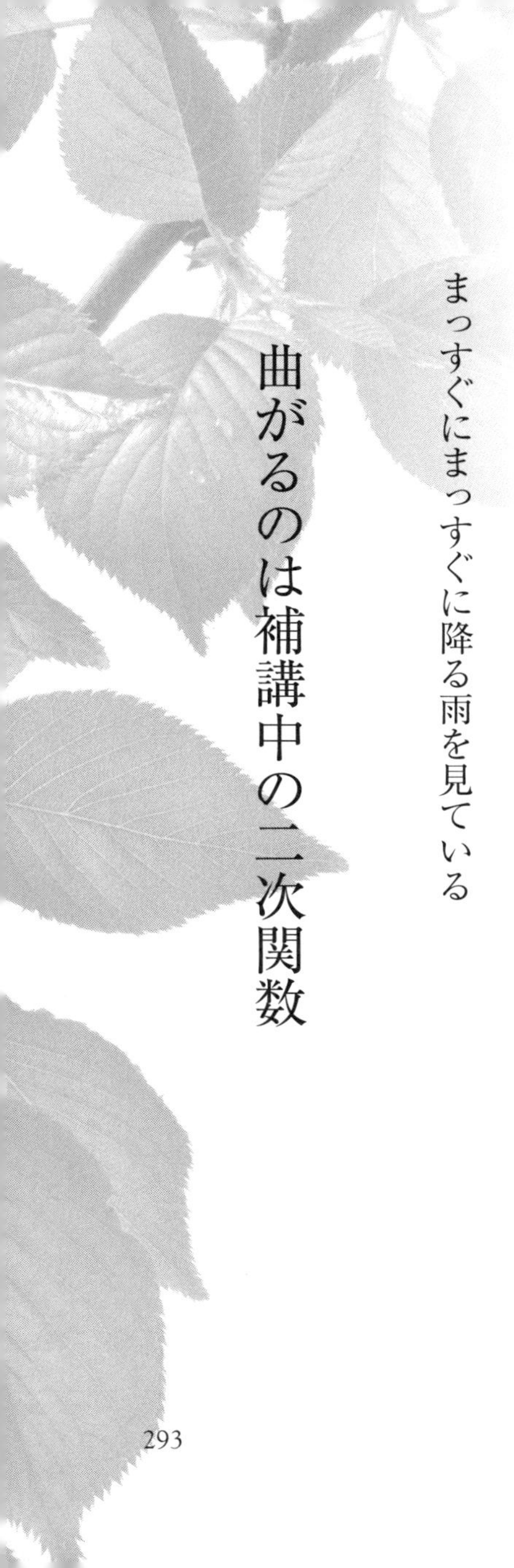

アルテア部門　特選

相澤つかさ　山梨県

まっすぐにまっすぐに降る雨を見ている

曲がるのは補講中の二次関数

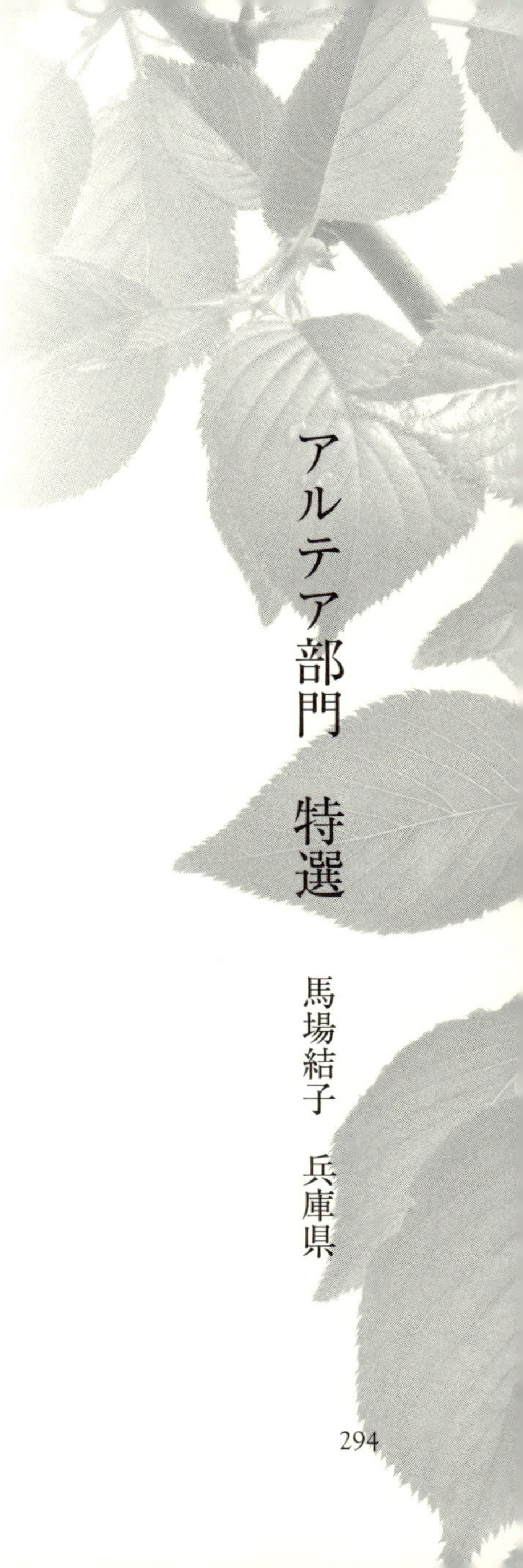

アルテア部門　特選

馬場結子　兵庫県

まっすぐにまっすぐに降る雨を見ている

このままで良いのか雨に悟られた自分

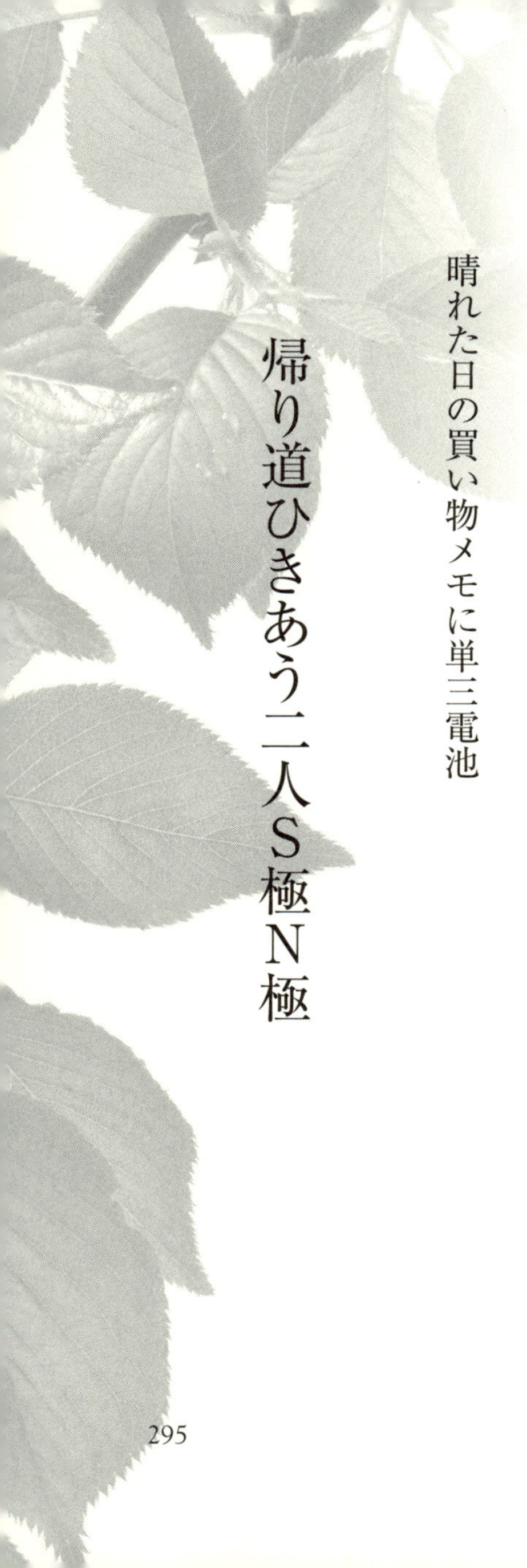

優秀賞

望月彩華　山梨県

晴れた日の買い物メモに単三電池
帰り道ひきあう二人S極N極

優秀賞

白川順一　東京都

晴れた日の買い物メモに単三電池
スキップで町をとび出す私はロボット

優秀賞

大波蒼　福島県

コーヒーか紅茶それとも海を見にゆく？
そんなことあったわなんて祖母がほほえむ

優秀賞

小林由佳　山梨県

コーヒーか紅茶それとも海を見にゆく？
まかせるわ海に行くなら赤いポルシェで

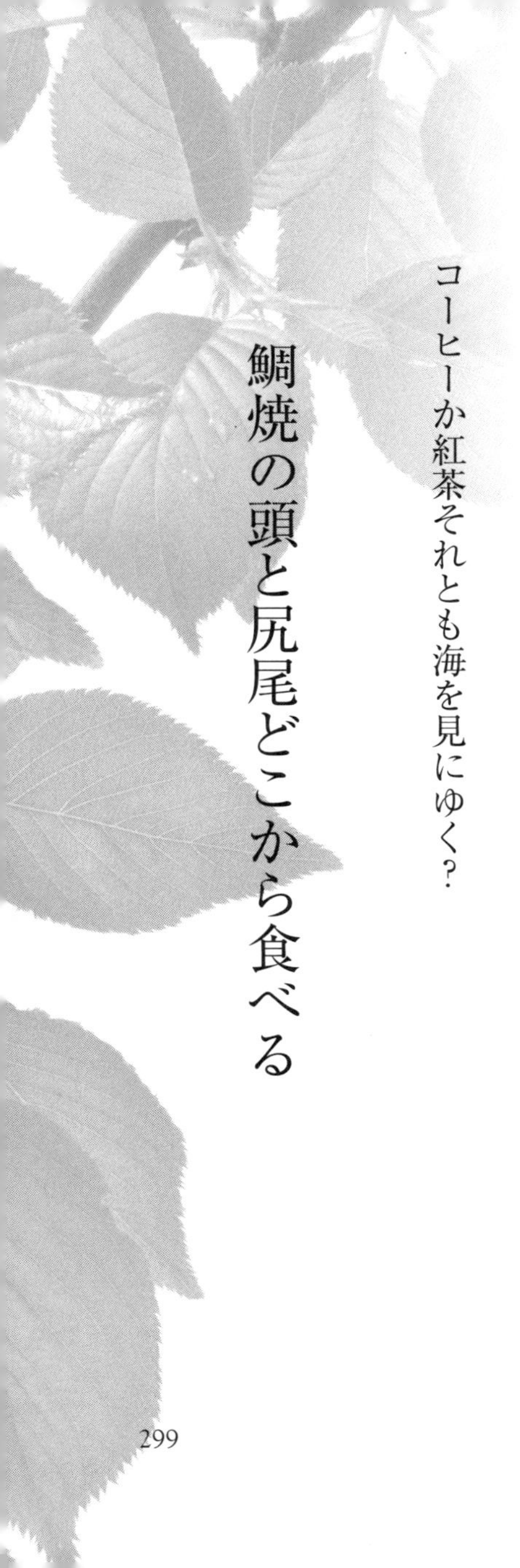

優秀賞

小原あつ子　愛知県

コーヒーか紅茶それとも海を見にゆく？
鯛焼の頭と尻尾どこから食べる

優秀賞

荒井千代子　新潟県

歩きだす洗いざらしのブルージーンズ
月ならばどんな重さも六分の一

優秀賞

荒井紀恵　静岡県

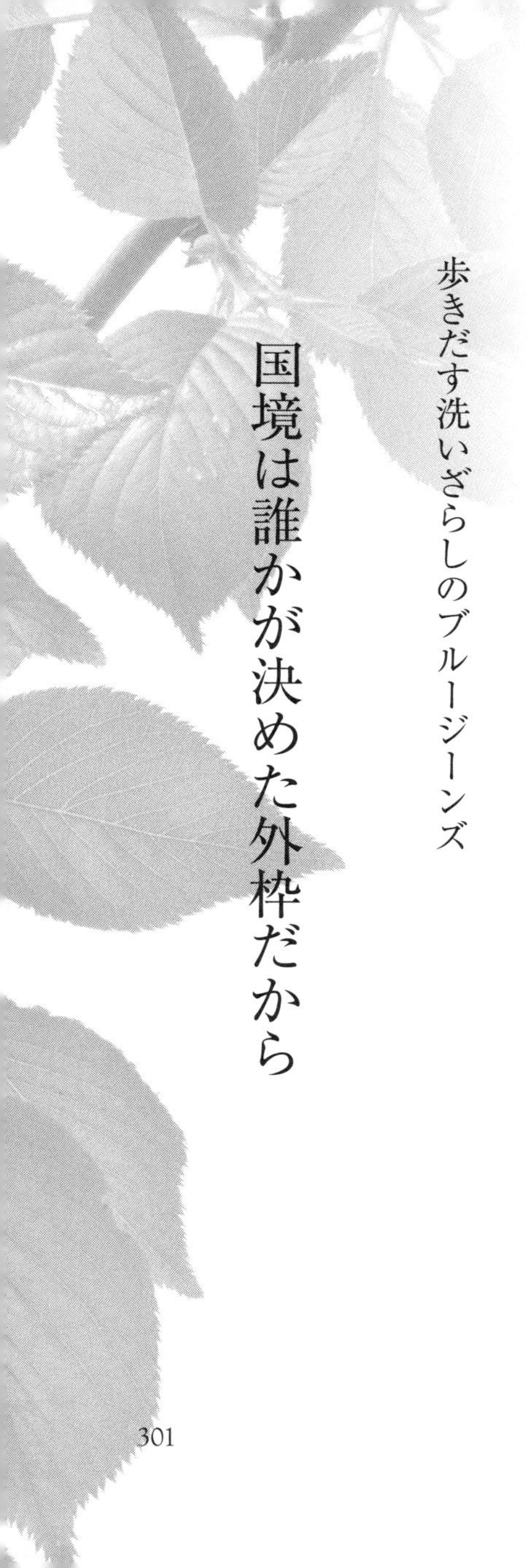

歩きだす洗いざらしのブルージーンズ

国境は誰かが決めた外枠だから

優秀賞

畔川仁杏　大阪府

歩きだす洗いざらしのブルージーンズ
行く先は変わらぬ日々かまだ見ぬ明日か

優秀賞

合志珠希　神奈川県

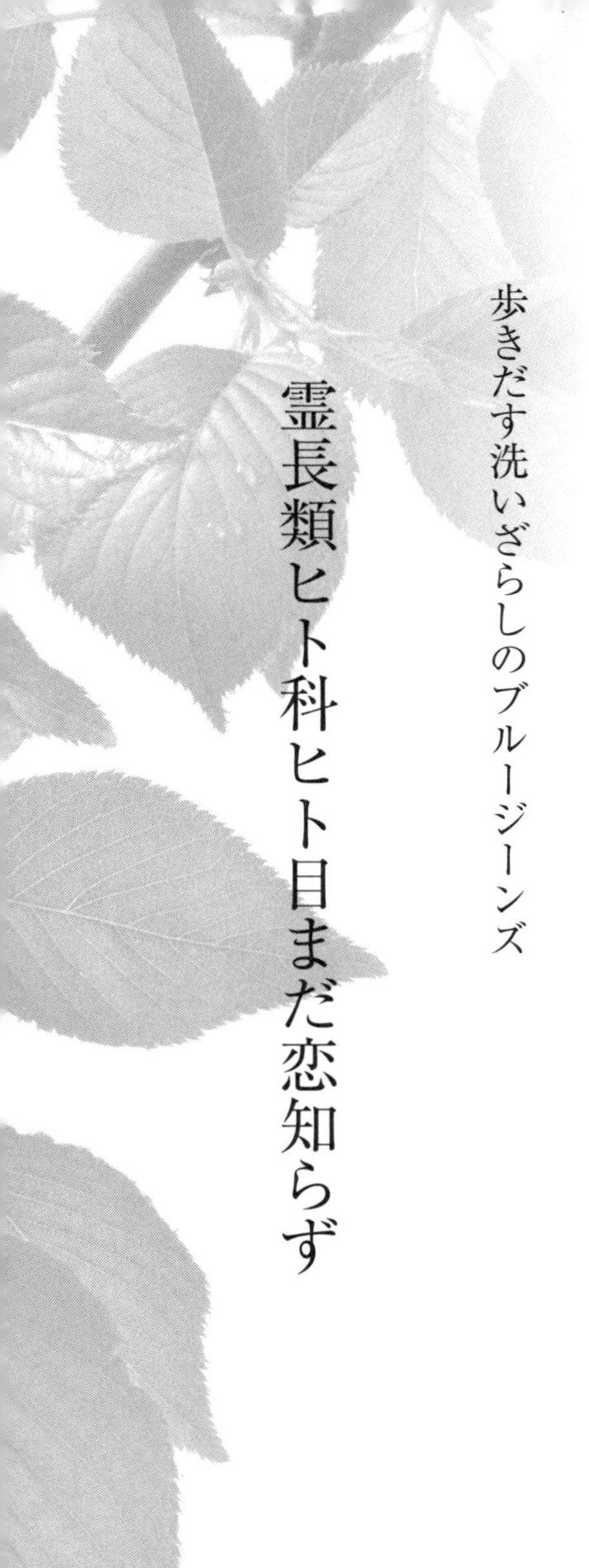

歩きだす洗いざらしのブルージーンズ
霊長類ヒト科ヒト目まだ恋知らず

優秀賞

牧野史郎　千葉県

まっすぐにまっすぐに降る雨を見ている

まっすぐに見えるだけだと解っています

優秀賞

高雅　中華人民共和国

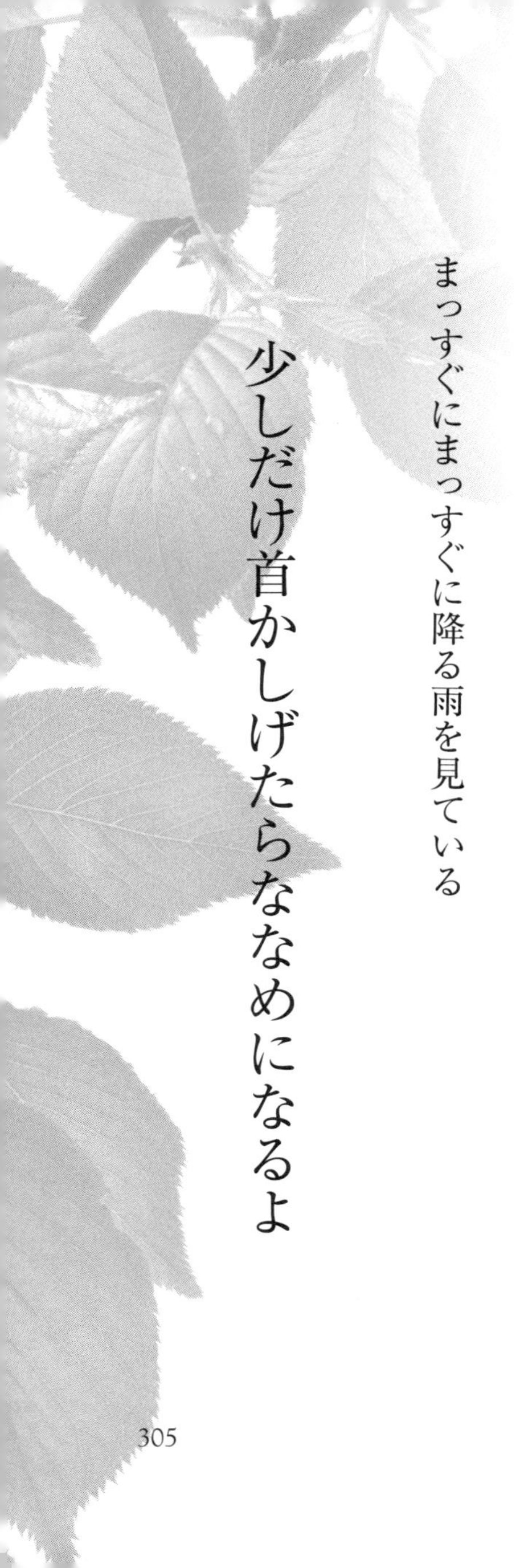

まっすぐにまっすぐに降る雨を見ている
少しだけ首かしげたらななめになるよ

優秀賞

紺野聡子　岩手県

まっすぐにまっすぐに降る雨を見ている
重力と雨と私が一歩も引かぬ

「晴れた日の買い物メモに単三電池」

置き時計動きだしたら春のはじまり　佐藤美弥子　福島県

口きかぬ息子の文字がそこだけ光る　宮崎みちる　千葉県

もうあれは電池入れても動かないのよ　井寺仁美　神奈川県

妹のおもちゃの車ガソリン不足　濵野芽依　中国

今どきは何度も使える充電池でしょ　髙野二千佳　山梨県

昨日より止まった時を動かしたくて　南泉行男　和歌山県

虹よりも見慣れたはずの母の筆跡　渡邉倫太朗　山梨県

優良賞

大好きな丸みをおびたお母さんの字　中原未来　大阪府

響く声早くしなさい自由研究　片岡彩花　神奈川県

日は沈みどこにあるんだ百円ショップ　堤宏平　福岡県

あと二つたのまれていた消しゴムとペン　長谷川大空　神奈川県

「コーヒーか紅茶それとも海を見にゆく?」

迷ってもどれにもわたしのおまけつきだよ　丸山由生奈　東京都

海岸線オープンカーで松任谷由実　藤原慎太郎　中国

腕時計外したままの無職の初日　足立有希　兵庫県

玄関にビーチサンダルもう並んでる　小倉正一　山梨県

「送信相手間違えてるよ」姉からライン　辰井美月　兵庫県

お父さんそれは人形人間じゃない　三浦翔太　静岡県

十年前僕もそうやって君に訊いたね　陳昱誠　山梨県

子が巣立ちまた始まった二人の暮らし　藤原紘一　兵庫県

ソーダ水の中を貨物が通ってる海？　中川博之　岡山県

ひっそりと家にいたくて既読でスルー　古幡小鉄　長野県

それよりも単三電池買いにいこうよ　田波星月　山梨県

優良賞

ハッキリとプロポーズしてはぐらかさずに　中井康司　京都府

山にしろ課題の山にと言うカレンダー　矢崎史也　山梨県

その前に洗濯掃除洗い物だな　塩田陸　山梨県

また寝言爺ちゃん軽い認知症かな　田辺新造　山梨県

「歩きだす洗いざらしのブルージーンズ」

人類の二足歩行の進化の果てに　堀卓　福島県

口遊むレミオロメンの『3月9日』　市之瀬進　山梨県

風が言う「にぎりこぶしをひらいてみろよ」　小橋辰矢　岡山県

遺伝子のひとつがふいに目覚めたように　荒井千代子　新潟県

還暦の道はゆっくり力を抜いて　埜村和美　山梨県

息止めて光のほうへ光のほうへ　川添さとみ　静岡県

てっぺんの入道雲に背中を押され　岡本実留　山梨県

「風の色記憶の中のあなたとあなた」

ゼンマイを巻けば昨日がまた動き出す　梅山すみ江　神奈川県

ドビッシーの「月の光」にぬれて羽化する　大石咲楽　静岡県

ぼくだけがひとりぼっちのかげろうのよう　本島稜真　山梨県

優良賞

ブーメラン投げてみようか彼の香る日に　一瀬武子　山梨県

そちらから見える私は何色ですか？　奥谷和樹　大阪府

砂利を踏む音聞き分けて待っていたのよ　千々和美佐子　山口県

忘れない平成最後の教室の窓　元川朱里　石川県

ぐりとぐら母と作った黄色カステラ　橋本櫻子　東京都

「まっすぐにまっすぐに降る雨を見ている」

羅生門行くあてもない下人のこころ　村瀬凜　福岡県

風吹けばカーブボールかフォークボールか　大江海翔　中国

広重の雨は「大はしあたけの夕立」　吉永佳広　千葉県

ごめんねもありがとうももう言えなくなった　西田公子　福岡県

「雨だれ」はマジョルカ島のあの日のショパン　植松裕二　山梨県

うずまきの家を背負って引っ越してゆく　田中優馬　中国

真上には雲ひとつないきつねのよめいり　渡邉千晶　山梨県

なぜ君が来ないか雨のせいにしている　古賀由美子　佐賀県

正直に生きても腰がだんだん曲がる　天野昭正　山梨県

降りやまぬ雨が私を詩人に変える　稲葉智子　東京都

優良賞

君に逢う心の中はピーカンなのに　奥村由布子　埼玉県

百年の孤独とやらを知ったふりして　合志珠希　神奈川県

手酌して片膝立てる若き北斎　上田真司　東京都

言の葉連ねて歌あそび

問いの片歌　五・七・七に、
答えの片歌　五・七・七を連ねる歌遊び「酒折連歌賞」。
この歌遊びに、
日本・デンマーク・アメリカ・イギリス・ドイツ・インドネシア
イタリア・中国・ブラジル・フランス・マレーシア・カナダ
オーストラリア・ニュージーランド・オランダ・タイ・ポルトガル
ロシア・スウェーデン・韓国・南アフリカなどで
二〇年間で六二七、九九二句が詠われた。

History of sakaori-renga

第十六回酒折連歌賞
2014

大　　賞　渋谷史恵　47歳（宮城県）
横顔の子規がくるりと正面を向く　**「しおりする文庫本には永遠がある」**

アルテア賞部門大賞　安藤智貴　17歳（山梨県）
終わりゆく本のページとはじまるわたし　**「しおりする文庫本には永遠がある」**

応募句数　28,703句（男13,725句・女14,964句・不詳14句）
年 代 別　10代73%　20代～30代6%　40～50代9%　60～70代9%　その他2%
国　　別　日本・香港
選考委員　宇多喜代子（俳人）井上康明（俳人）辻村深月（作家）
三枝昂之（歌人）今野寿美（歌人）もりまりこ（歌人）

第十七回酒折連歌賞
2015

大　　賞　今村光臣　16歳（山梨県）
立ち漕ぎでアンナプルナを上り切るため　**「自転車のギヤを一段あげよう今朝は」**

アルテア部門大賞　水野真奈香　14歳（静岡県）
はきはきともの言うきみが救ってくれる　**「啄木のひたいに触れて聞くかなしみは」**

応募句数　31,251句（男15,379句・女15,843句・不詳29句）
年 代 別　10代72%　20代～30代8%　40～50代7%　60～70代10%　その他2%
国　　別　日本・アメリカ・マレーシア・イタリア・パキスタン・ポーランド・タイ
選考委員　宇多喜代子（俳人）井上康明（俳人）辻村深月（作家）
三枝昂之（歌人）今野寿美（歌人）もりまりこ（歌人）

第十八回酒折連歌賞
2016

大　　賞　佐藤せつ　68歳（千葉県）
四年目の最後の学費振り込みしのち　**「ありがとうたったひとことメールの返信」**

アルテア部門大賞　池田彩乃　15歳（中華人民共和国）
舞い上がるささいなことで人って不思議ね　**「ありがとうたったひとことメールの返信」**

応募句数　33,634句（男16,897句・女16,712句・不詳25句）
年 代 別　10代71%　20代〜30代5%　40〜50代8%　60〜70代13%　その他2%
国　　別　日本・中国・インドネシア・アメリカ・マレーシア・ポーランド・エジプト・フランス・ベトナム
選考委員　宇多喜代子（俳人）井上康明（俳人）辻村深月（作家）
三枝昂之（歌人）今野寿美（歌人）もりまりこ（歌人）

第十九回酒折連歌賞
2017

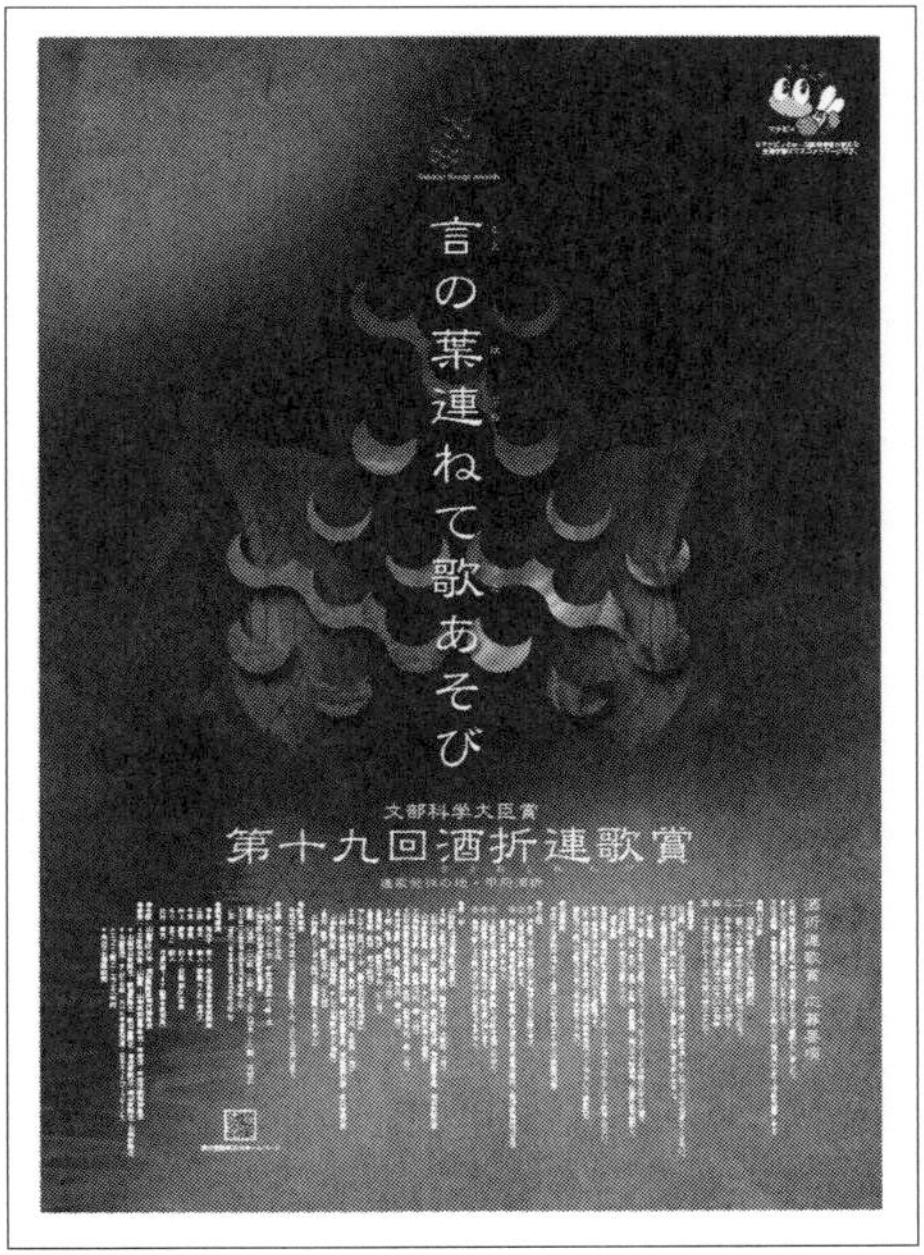

大　　賞　渕上友美奈　18歳（三重県）
動物にお邪魔しますと二礼二拍手　**「森へ入る儀式のように小声でうたう」**

アルテア部門大賞　山本ひかり　14歳（静岡県）
葉桜の木漏れ日揺れてみんなも揺れた　**「十字路で迷子になったちいさな羊」**

応募句数　30,973句（男16,357句・女14,597句・不詳19句）
年 代 別　10代72%　20代～30代4%　40～50代8%　60～70代11%　その他5%
国　　別　日本・ドイツ・中国・カンボジア・インドネシア・ポーランド・タイ・ベトナム・ベルギー・アメリカ
選考委員　宇多喜代子（俳人）井上康明（俳人）辻村深月（作家）
三枝昂之（歌人）今野寿美（歌人）もりまりこ（歌人）

第二十回酒折連歌賞
2018

大　　賞　村岡純子　55歳（神奈川県）
三択があればよかったハムレットにも　**「コーヒーか紅茶それとも海を見にゆく?」**

アルテア部門大賞　髙木明日希　12歳（香川県）
エピソード枝を揺らして語り続ける　**「風の色記憶の中のあなたとあなた」**

応募句数　45,858句（男23,261句・女22,583句・不詳14句）
年 代 別　10代71%　20代～30代6%　40～50代9%　60～70代12%　その他3%
国　　別　日本・中国・マレーシア・アメリカ・シンガポール・ポーランド・ベルギー・オーストラリア・台湾
選考委員　宇多喜代子（俳人）井上康明（俳人）辻村深月（作家）
三枝昂之（歌人）今野寿美（歌人）もりまりこ（歌人）

酒折連歌賞とは

この賞は、山梨学院大学（古屋忠彦前学長・現特別顧問）が、山梨県甲府市の酒折宮でヤマトタケルノミコトと火焚きの老人が「新治筑波を過ぎて幾夜か寝つる」「かがなべて夜には九夜日には十日を」と片歌問答で歌を詠んだ（『古事記』・『日本書紀』）ということから、酒折宮が連歌の発祥の地であるとされていることに着目し、一九九八年四月「多くの人が連歌に興味関心と創作意欲をもち、現在は衰微している連歌をよみがえらせ普及させて、文学の振興、文化の創造に資する」ことを目的に、問いの片歌、五・七・七に答えの片歌五・七・七を連ねる歌遊びを創設した文学賞である。

Sakaori Renga Awards

酒折連歌賞実行委員会
実行委員長・廣瀬孝嘉

問い合わせ先
山梨学院大学酒折連歌賞事務局
〒400-8575 甲府市酒折2-4-5
TEL 055-224-1641 FAX 055-224-1643
URL http://www.sakaorirenga.gr.jp
imode http://www.sakaorirenga.gr.jp/imode
E-mail oubo@sakaorirenga.gr.jp

言《こと》の葉《は》連《つら》ねて歌《うた》あそび4

2019年7月25日　初版発行

編　者　酒折連歌賞実行委員会
デザイン　ART BOX C.DESIGN
発行者　宍戸健司
発　行　公益財団法人 角川文化振興財団
〒102-0071 東京都千代田区富士見1-12-15
電話 03-5215-7821
http://www.kadokawa-zaidan.or.jp/
発　売　株式会社 KADOKAWA
〒102-8177 東京都千代田区富士見2-13-3
電話 0570-002-301（カスタマーサポート・ナビダイヤル）
受付時間　11時～13時 / 14時～17時（土日祝日を除く）
https://www.kadokawa.co.jp/
印刷製本　中央精版印刷株式会社

ISBN978-4-04-884246-4 C0092